ÚRSULA

Título original: *Úrsula*

Em respeito ao estilo da autora, foram mantidas as preferências ortográficas do texto original, modificando-se apenas os vocábulos que sofreram alterações nas reformas ortográficas.

Direção Editorial *Ethel Santaella*

REALIZAÇÃO

GrandeUrsa Comunicação

Direção *Denise Gianoglio*
Revisão *Luciana Maria Sanches*
Capa, Projeto Gráfico e Diagramação *Idée Arte e Comunicação*

Dados Internacionais de Catalogação na Publicação (CIP)
(Câmara Brasileira do Livro, SP, Brasil)

Reis, Maria Firmina dos, 1825-1917
Úrsula / Maria Firmina dos Reis. -- São Paulo : Lafonte, 2022.

ISBN 978-65-5870-301-3

1. Ficção brasileira I. Título.

22-124811 CDD-B869.3

Índices para catálogo sistemático:

1. Ficção : Literatura brasileira B869.3

Cibele Maria Dias - Bibliotecária - CRB-8/9427

Editora Lafonte
Av. Profª Ida Kolb, 551, Casa Verde, CEP 02518-000, São Paulo-SP, Brasil
Tel.: (+55) 11 3855-2100, CEP 02518-000, São Paulo-SP, Brasil
Atendimento ao leitor (+55) 11 3855- 2216 / 11 3855 - 2213 - atendimento@editoralafonte.com.br
Venda de livros avulsos (+55) 11 3855- 2216 - vendas@editoralafonte.com.br
Venda de livros no atacado (+55) 11 3855-2275 - atacado@escala.com.br

Maria Firmina
dos Reis

ÚRSULA

Brasil, 2022

Lafonte

SUMÁRIO

PRÓLOGO

MESQUINHO E HUMILDE LIVRO é este que vos apresento, leitor. Sei que passará entre o indiferentismo glacial de uns e o riso mofador de outros, e ainda assim o dou a lume.

Não é a vaidade de adquirir nome que me cega, nem o amor-próprio de autor. Sei que pouco vale este romance, porque escrito por uma mulher, e mulher brasileira, de educação acanhada e sem o trato e a conversação dos homens ilustrados, que aconselham, que discutem e que corrigem, com uma instrução misérrima, apenas conhecendo a língua de seus pais, e pouco lida, o seu cabedal intelectual é quase nulo.

Então por que o publicas?, perguntará o leitor.

Como uma tentativa, e mais ainda, por este amor materno, que não tem limites, que tudo desculpa — os defeitos, os achaques, as deformidades do filho — e gosta de enfeitá-lo e aparecer com ele em toda a parte, mostrá-lo a todos os conhecidos e vê-lo mimado e acariciado.

O nosso romance, gerou-o a imaginação, e não o soube colorir, nem aformosentar. Pobre avezinha silvestre, anda terra a terra, e nem olha para as planuras onde gira a águia.

Mas, ainda assim, não o abandoneis na sua humildade e obscuridade, senão morrerá à míngua, sentido e magoado, só afagado pelo carinho materno. Ele semelha à donzela que não é formosa porque a natureza negou-lhe as graças feminis, e que por isso não pode encontrar uma afeição pura, que corresponda ao afeto da sua alma; mas que com o pranto de uma dor sincera e viva, que lhe vem dos seios da alma, onde arde em chamas a mais intensa e abrasadora paixão, e que embalde quer recolher para a corução, move ao interesse aquele que a desdenhou e o obriga ao menos a olhá-la com bondade.

Deixai, pois, que a minha Úrsula, tímida e acanhada, sem dotes da natureza, nem enfeites e louçanias de arte, caminhe entre vós.

Não a desprezeis, antes amparai-a nos seus incertos e titubeantes passos para assim dar alento à autora de seus dias, que talvez com essa proteção cultive mais o seu engenho, e venha a produzir coisa melhor, ou, quando menos, sirva esse bom acolhimento de incentivo para outras, que com imaginação mais brilhante, com educação mais acurada, com instrução mais vasta e liberal, tenham mais timidez do que nós.

1. Duas almas generosas

SÃO VASTOS E BELOS os nossos campos; porque inundados pelas torrentes do inverno semelham o oceano em bonançosa calma — branco lençol de espuma, que não ergue marulhadas ondas, nem brame irado, ameaçando insano quebrar os limites, que lhe marcou a onipotente mão do rei da criação. Enrugada ligeiramente a superfície pelo manso correr da viração, frisadas as águas, aqui e ali, pelo volver rápido e fugitivo dos peixinhos, que mudamente se afagam, e que depois desaparecem para de novo voltar — os campos são qual vasto deserto, majestoso e grande como o espaço, sublime como o infinito.

E a sua beleza é amena e doce, e o exíguo esquife, que vai cortando as suas águas hibernais mansas e quedas, e o homem, que sem custo o guia e que sente vaga sensação de melancólico enlevo, desprende com mavioso acento um canto de harmoniosa saudade, despertado pela grandeza dessas águas, que sulca.

É às águas e a esses vastíssimos campos que o homem oferece seus cânticos de amor? Não, por certo. Esses hinos, cujos acentos perdem-se no espaço, são como notas duma harpa eólia, arrancadas pelo roçar da brisa, ou como o sussurrar da folhagem em mata espessa. Esses carmes de amor e de saudade, o homem os oferece a Deus.

Depois, mudou-se já a estação; as chuvas desapareceram, e aquele mar que viste desapareceu com elas, voltou às nuvens formando as chuvas do seguinte inverno; e o leito, que outrora fora seu, transformou-se em verde e úmido tapete, matizado pelas brilhantes e lindas flores tropicais, cuja fragrância arrouba e só têm por apreciador algum desgarrado viajor e por afago a brisa que vem conversar com elas no cair da tarde — à hora derradeira do seu triste viver.

E altivas erguem-se milhares de carnaubeiras que, balançadas pelo soprar do vento, recurvam seus leques em brandas ondulações.

Expande-se o coração quando calcamos sob os pés a erva reverdecida, em que gota a gota o orvalho chora no correr da noite esse choro algente, que se pendura da folhinha trêmula, como a lágrima de uma virgem sedutora, e que, arrancada do coração pelo primeiro gemer da saudade, se balança nos longos cílios. Depois vem a ardentia do sol, e bebe o pranto noturno, e murcha a flor, que enfeitiçava a relva, porque o astro, que rege o dia, reassumiu toda a sua soberania; mas, ainda assim, os campos são belos e majestosos!

E desce depois o crepúsculo e, logo após, a noite bela, e voluptuosa recamada de estrelas, ou prateada pela lua vagarosa e plácida que lhe branqueia o tapete de relva, derramando suave claridade pelos leques recurvados dos palmares. Então um vago sentimento de amor, e de uma ventura, que muito longe lobrigamos, arrouba-nos a alma de celestes eflúvios, e doce esperança enche-nos o coração, outrora mirrado e frio pela descrença ou pelo ceticismo.

Quem haverá aí que se não sinta transportado ao lançar a vista por esses vastos páramos ao alvorecer do dia ou ao arrebol da tarde e não se deixe levar por um deleitoso cismar, como o que escuta o gemer da onda sobre areais de prata ou o canto matutino de uma ave melodiosa!... A vista expande-se e deleita-se, e o coração volve-se a Deus e curva-se em respeitosa veneração, porque aí está Ele.

O campo, o mar, a abóbada celeste ensinam a adorar o supremo autor da natureza e a bendizer-lhe a mão, porque é generosa, sábia e previdente.

Eu amo a solidão, porque a voz do Senhor aí impera; porque aí despe-se o coração do orgulho da sociedade, que o embota, que o apodrece, e livre dessa vergonhosa cadeia, volve a Deus e o busca — e o encontra, porque com o dom da ubiquidade Ele aí está!

Entretanto em uma risonha manhã de agosto, em que a natureza era toda galas, em que as flores eram mais belas, em que a vida era mais sedutora — porque toda respirava amor — em que a erva era mais viçosa e rociada, em que as carnaubeiras, outras tantas atalaias ali dispostas pela natureza, mais altivas, e mais belas se ostentavam, em que o xixá com seus frutos imitando purpúreas estrelas esmaltava a paisagem, um jovem cavaleiro melancólico, e como que exausto de vontade, atravessando porção dum majestoso campo, que se dilata nas planuras de uma das nossas melhores e mais ricas províncias do Norte, deixava-se levar através dele por um alvo e indolente ginete. Longo devia ser o espaço que havia percorrido, porque o pobre animal, desalentado, mal cadenciava os pesados passos.

Abstrato, ou como que mergulhado em penosa e profunda meditação, o cavaleiro prosseguia sem notar a extrema prostração do animal ou então fazia semblante de a não reparar, porque lhe não excitava os nobres estímulos. Dir-se-ia ter já concluído sua longa jornada.

Mas quem sabe?... Talvez uma ideia única, uma recordação pungente, funda, amarga como a desesperação de um amor traído, lhe absorvesse nessa hora todos os pensamentos. Talvez. Porque não havia o menor sinal de que observasse o espetáculo que o circundava.

Que intensa agonia ou que dor íntima lhe iria lá pelos abismos da alma?! Só Deus o sabe!

Prosseguia em tanto a marcha, e sempre abstrato, sempre vagaroso. Curvada a fronte sobre o peito, o mancebo meditava profundamente, e grande e poderoso devia ser o objeto de seu aturado meditar. Arfava-lhe o peito, sobre o qual descansava essa fronte acabrunhada, que parecia tão nobre e altiva? Quem o poderia dizer ao certo?

O mancebo ocultava parte de suas formas num amplo capote de lã, cujas dobras apenas descobriam-lhe as mãos cuidadosamente calçadas com luvas de camurça. Numa destas mãos o jovem cavaleiro reclinara a face pálida e melancólica; com a outra frouxamente tomava as rédeas ao seu ginete. Mas este simples traje, este como que abandono de si próprio, não podia arredar do desconhecido certo ar de perfeita distinção que bem dava a conhecer que era ele pessoa da alta sociedade.

De repente, o cavalo, baldo de vigor, em uma das cavidades onde o terreno se acidentava mais, mal podendo conter-se pelo langor dos seus lassos membros, distendeu as pernas, dilatou o pescoço e, dando uma volta sobre si, caiu redondamente. O choque era demais violento para não despertar o meditabundo viajor — quis ainda evitar a queda, mas era tarde, e de envolta com o animal rolou no chão.

Houvera mais do que descuido no incerto e indolente viajar desse singular desconhecido; não previa ele um acontecimento fatal nessa divagação de tanto abandono, de tão grande desleixo? E malgrado o langor do cavalo, sempre a prosseguir, cada vez mais submerso em seu melancólico cismar! Caiu, e de um jato perdeu o sentimento da própria vida; porque a queda lhe ofendeu o crânio, e aturdido e maltratado, desmaiou completamente. Para mais desastre o pobre animal no último arranco do existir, distendendo as pernas, foi comprimir acerbamente o pé direito do mancebo, que inerte e imóvel, como se fora frio cadáver, nenhuma resistência lhe opôs.

Era apenas o alvorecer do dia, ainda as aves entoavam seus meigos cantos de arrebatadora melodia; ainda a viração era tênue e mansa; ainda a flor desabrochada apenas não sentira a tépida e vivificadora ação do astro do dia, que sempre amante, mas sempre ingrato, desdenhoso e cruel afaga-a, bebe-lhe o perfume e depois deixa-a murchar, a desfolhar-se, sem ao menos dar-lhe uma lágrima de saudade!... Oh! O sol é como o homem maligno e perverso, que bafeja com hálito impuro a donzela desvalida, e foge e deixa-a entregue à vergonha, à desesperação, à morte! — e depois, ri-se e busca outra, e mais outra vítima!

A donzela e a flor choram em silêncio, e o seu choro ninguém o compreende!...

Era apenas o alvorecer do dia, dissemos nós, e esse dia era belo como soem ser os do nosso clima equatorial em que a luz se derrama a flux — brilhante, pura e intensa.

Vastos currais de gado por ali havia, mas tão desertos a essa hora matutina que nenhuma esperança havia de que alguém socorresse o jovem cavaleiro, que acabava de desmaiar. E o sol já mais brilhante, e mais ardente e abrasador, subia pressuroso a eterna escadaria do seu trono de luz e dardejava seus raios sobre o infeliz mancebo!

Nesse comenos alguém despontou longe, e como se fora um ponto negro no extremo horizonte. Esse alguém, que pouco e pouco avultava, era um homem, e mais tarde suas formas já melhor se distinguiam. Trazia ele um quer que era que de longe mal se conhecia e que, descansando sobre um dos ombros, obrigava-o a reclinar a cabeça para o lado oposto. Todavia essa carga era bastante leve — um cântaro ou uma bilha; o homem ia sem dúvida em demanda de alguma fonte.

Caminhava com cuidado e parecia bastante familiarizado com o lugar cheio de barrocais, e ainda mais com o calor do dia em pino, porque caminhava tranquilo.

E mais e mais se aproximava ele do cavaleiro desmaiado, porque seus passos para ali se dirigiam, como se a Providência os guiasse. Ao endireitar-se para um bosque à cata sem dúvida da fonte que procurava, seus olhos se fixaram sobre aquele triste espetáculo.

— Deus meu! — exclamou correndo para o desconhecido.

E ao coração tocou-lhe piedoso interesse, vendo esse homem lançado por terra, tinto em seu próprio sangue, e ainda oprimido pelo animal já morto. E, ao aproximar-se, contemplou em silêncio o rosto desfigurado do mancebo; curvou-se, e pôs-lhe a mão sobre o peito, e sentiu lá no fundo frouxas e espaçadas pulsações, e assomou-lhe ao rosto riso fagueiro de completo enlevo; da mais íntima satisfação. O mancebo respirava ainda.

— Que ventura! — então disse ele, erguendo as mãos ao céu. — Que ventura podê-lo salvar!

O homem que assim falava era um pobre rapaz, que ao muito parecia contar vinte e cinco anos e que ria franca expressão de sua fisionomia: deixava adivinhar toda a nobreza de um coração bem formado. O sangue africano fervia-lhe nas veias; o mísero ligava-se à odiosa cadeia da escravidão; e embalde o sangue ardente que herdara de seus pais, e que o nosso clima e a servidão não puderam resfriar, embalde — dissemos — se revoltava, porque se lhe erguia como barreira o poder do forte contra o fraco.

Ele entanto resignava-se; e se uma lágrima a desesperação lhe arrancava, escondia-a no fundo da sua miséria.

Assim é que o triste escravo arrasta a vida de desgostos e de martírios, sem esperança e sem gozos.

Oh, esperança! Só a tem os desgraçados no refúgio que a todos oferece a sepultura!... Gozos... só na eternidade os anteveem eles!

Coitado do escravo! Nem o direito de arrancar do imo peito um queixume de amargurada dor.

Senhor Deus! Quando calará no peito do homem a tua sublime máxima — ama a teu próximo como a ti mesmo — e deixará de oprimir com tão repreensível injustiça ao seu semelhante!... Àquele que também era livre no seu país... Àquele que é seu irmão!

E o mísero sofria; porque era escravo, e a escravidão não lhe embrutecera a alma; porque os sentimentos generosos, que Deus lhe implantou no coração, permaneciam intactos e puros como a sua alma. Era infeliz, mas era virtuoso; por isso seu coração enterneceu-se em presença da dolorosa cena que se lhe ofereceu à vista.

Reunindo todas as suas forças, o jovem escravo arrancou de sob o pé ulcerado do desconhecido o cavalo morto e, deixando-o por um momento, correu à fonte para onde uma hora antes se dirigia, encheu o cântaro e, com extrema velocidade, voltou para junto do enfermo, que com desvelado interesse procurou reanimar. Banhou-lhe a fronte com água fresca, depois de ter com piedosa bondade colocado-lhe a cabeça sobre os joelhos. Só Deus testemunhava aquela cena tocante e admirável, tão cheia de unção e de caridoso desvelo. E ele continuava a sua obra de piedade, esperando ansioso a ressurreição do desconhecido, que tanto o interessava.

Finalmente seu coração pulsou de íntima satisfação; porque o mancebo, pouco e pouco revocando a vida, abriu os olhos lânguidos pela dor, e os fitou nele, como que estupefato e surpreso do que via.

Deixou fugir um breve suspiro, que talvez apesar seu se lhe destacasse do coração, e sem proferir uma palavra de novo cerrou os olhos.

Talvez a extrema claridade do dia os afetasse, ou ele supusesse mórbida visão o que era realidade.

Entretanto o negro redobrava de cuidados de novo aflito pela mudez do seu doente. E o dia crescia mais, e o sol, requeimando a erva do campo, abrasava as faces pálidas do jovem cavaleiro, que soltando outro gemido, mais prolongado e mais doído, de novo abriu os olhos.

Tentou então erguer-se como envergonhado de uma fraqueza a que irremissivelmente qualquer cedera; porém, desalentado e amortecido, foi cair nos braços do compassivo escravo, única testemunha de tão longas dores e desmaios, e que em silêncio o observava. Mas esta segunda síncope, menos prolongada que a primeira, não afligiu tanto ao mísero rapaz, que dedicadamente o reanimava. A febre começou a tingir de rubor aquela fronte pálida, dando vida fictícia a uns olhos que um momento antes pareciam descair para o túmulo.

— Quem és? — perguntou o mancebo ao escravo apenas saído do seu letargo. — Por que assim mostras interessar-te por mim?

— Senhor! — balbuciou o negro — Vosso estado... Eu — continuou, com o acanhamento que a escravidão gerava — suposto nenhum serviço vos possa prestar, todavia quisera poder ser-vos útil. Perdoai-me...

— Eu? — atalhou o cavaleiro com efusão de reconhecimento —; eu, perdoar-te! Pudera todos os corações assemelharem-se ao teu. E fitando-o apesar da perturbação do seu cérebro, sentiu pelo jovem negro interesse igual talvez ao que este sentia por ele. Então, nesse breve cambiar de vistas, como que essas duas almas mutuamente se falharam, exprimindo uma o pensamento apenas vago que na outra errava.

Entretanto o pobre negro, fiel ao humilde hábito do escravo, com os braços cruzados sobre o peito, descaía agora a vista para a terra, aguardando tímido uma nova interrogação.

Apesar da febre que despontava, o cavaleiro começava a coordenar suas ideias, e as expressões do escravo e os serviços que lhe prestara tocaram-lhe o mais fundo do coração. É que em seu coração ardiam sentimentos tão nobres e generosos como os que animavam a alma do jovem negro: por isso, num transporte de íntima e generosa gratidão, o mancebo, arrancando a luva que lhe calçava a destra, estendeu a mão ao homem que o salvara. Mas este, confundido e perplexo, religiosamente ajoelhando, tomou respeitoso e reconhecido essa alva mão que o mais elevado requinte de delicadeza lhe oferecia e com humildade tocante, extasiado, beijou-a.

Esse beijo selou para sempre a mútua amizade que em seu peito sentiam eles nascer e vigorar. As almas generosas são sempre irmãs.

— Não foste porventura o meu salvador? — perguntou o cavaleiro com acento reconhecido, retirando dos lábios do negro a mão, e malgrado a visível turbação deste, apertando-lhe com transporte a mão grosseira, mas onde descobria com satisfação lealdade e pureza.

— Meu amigo — continuou — podes acreditar no meu reconhecimento e na minha amizade. Quem quer que sejas, eu a prometo: sou para ti um desconhecido, e ainda assim foste generoso e desinteressado. Arrancando-me à morte tens desempenhado a mais nobre missão de que o homem está incumbido por Deus — a fraternidade. Continua, agora peço-te em nome da amizade que te consagro, continua a tua obra de generosidade; porque sinto que tenho febre e não me posso erguer. Arreda-me destes lugares se te é possível, porque... — e a voz, que era fraca, expirou nos lábios; porque ligeira vertigem precursora talvez de um mais prolongado sofrer de novo lhe ofuscou a vista e as faculdades se lhe afracaram.

A febre tornara-se ardente, e o mancebo exigia mais sérios cuidados.

O negro bem o compreendeu, e esperou ansioso que o mancebo voltasse a si para falar-lhe; e aproveitando um momento em que por um pouco se reanimara, disse-lhe:

— Meu senhor, permiti que vos leve à fazenda que ali vedes — e apontava para a outra extremidade do campo —; ali habita com sua filha única a pobre senhora Luiza B., de quem talvez não ignoreis a triste vida. Essa infeliz paralítica, todo o bem que vos poderá prestar limitar-se-á a uma franca e generosa hospitalidade; mas aí está sua filha, que é um anjo de beleza e de candura, e os desvelos, que infelizmente vos não posso prestar, ela vos dará com singular bondade.

Imerso entanto em novo cismar, o mancebo parecia nada ouvir do que lhe dizia o jovem negro, deixando-se conduzir por ele, que como se fora leve carga o levava sobre seus ombros nus e musculosos.

Foi um momento de meditação, a febre, a dor, e o movimento arrancaram-no a ela, e soltando um frouxo suspiro, perguntou ao seu condutor:

— Como te chamas, generoso amigo? Qual é a tua condição?

— Eu, meu senhor — tornou-lhe o escravo, redobrando suas forças para não mostrar cansaço — chamo-me Túlio.

— Túlio! — repetiu o cavaleiro — e de novo interrogou:

— A tua condição, Túlio?

Então o pobre e generoso rapaz, engolindo um suspiro magoado, respondeu com amargura, malgrado seu, mal disfarçada:

— A minha condição é a de mísero escravo! Meu senhor — continuou — não me chameis amigo. Calculastes já, sondastes vós a distância que nos separa? Ah, o escravo é tão infeliz!... Tão mesquinha e rasteira é a sua sorte que...

— Cala-te, oh! Pelo céu, cala-te, meu pobre Túlio — interrompeu o jovem cavaleiro. — Dia virá em que os homens reconheçam que são todos irmãos. Túlio, meu amigo, eu avalio a grandeza de dores sem lenitivo, que te borbulha na alma, compreendo tua amargura, e amaldiçoo em teu nome ao primeiro homem que escravizou a seu semelhante. Sim — prosseguiu — tens razão: o branco desdenhou a generosidade do negro, e cuspiu sobre a pureza dos seus sentimentos! Sim, acerbo deve ser o seu sofrer, e eles que o não compreendem! Mas, Túlio, espera; porque Deus não desdenha aquele que ama ao seu próximo... e eu te auguro um melhor futuro. E te dedicaste por mim! Oh, quanto me hás penhorado! Se eu te pudera compensar generosamente... Túlio — acrescentou após breve pausa — oh, dize, dize, meu amigo, o que de mim exiges; porque toda a recompensa será mesquinha para tamanho serviço.

— Ah, meu senhor — exclamou o escravo enternecido — como sois bom! Continuai, eu suplico, em nome do serviço que vos presto, e a que tanta importância quereis dar, continuai, pelo céu, a ser generoso e compassivo para com todo aquele que, como eu, tiver a desventura de ser vil e miserável escravo! Costumados como estamos ao rigoroso desprezo dos brancos, quanto nos será doce vos encontrarmos no meio das nossas dores! Se todos eles, meu senhor, se assemelhassem a vós, por certo mais suave nos seria a escravidão.

E o cavaleiro perguntou-lhe:

— Essa é, Túlio, toda a recompensa que exiges?

— Sim, meu senhor. Fizeste-me tão feliz, que nada mais ambiciono; e rendendo a Deus graças pela minha presente ventura, suplico-lhe que vos cubra de bênçãos e que vele sobre vós a sua bondade infinita.

E o negro dizia uma verdade: era o primeiro branco que tão doces palavras lhe havia dirigido; e sua alma, ávida de outra alma que a compreendesse, transbordava agora de felicidade e de reconhecimento.

Pobre Túlio!

E o mancebo sentia mais e mais crescerem-lhe as dores, e as ideias se lhe barulhavam: entretanto Túlio aproximava-se da casa de sua senhora, para onde conduzia o moço enfermo.

Empregava para isso todas as suas forças, porque conhecia que o moço sofria cruelmente.

Dentro em pouco sua tarefa concluiu-se. Túlio penetrou, rendido de cansaço, o lumiar da porta.

Simples e solitária era essa casa implantada sobre um pequeno outeiro, donde a vista dominava a imensidade dos campos. Um aspecto de nobre singeleza apresentava; pouco extensa era, mas coroava-a agradável mirante, orlado de largas varandas, por onde uma onda de ar tépido divagava rumorejando.

Esplêndida claridade de um sol vivo e animador iluminava as nuas e brancas paredes dessa plácida morada, e dardejando nas vidraças das janelas, refletia sobre elas as cores cambiantes do ocaso. Aí parecia gozar-se a vida; aí ao menos o homem terá um momento de felicidade; porque longe do buliço enganoso do mundo, com a mente erma de ambições, vive nas regiões sublimes de um pensar livre e infinito como a amplidão — como Deus. A existência é serena, mais pura e mais formosa — aí despe-se a vaidade do coração; aí cessam os mentirosos preconceitos, que o homem ergueu em seu orgulho; vergonhosos limites contra os quais vão quebrar-se de encontro os virtuosos transportes do seu coração.

Quanto é o homem egoísta e vão!...

Túlio franqueou a entrada da casa de Luiza B. no momento mesmo em que o jovem desconhecido, alquebrado pelo muito sofrer de algumas horas, acabava de cair em completa e profunda letargia.

2. O DELÍRIO

VIOLENTA, TERRÍVEL, ESPANTOSA tinha sido a crise, e Túlio velava à cabeceira do enfermo. A noite há muito que tinha desdobrado sobre a terra seu pesado manto de escuridão, animando destarte o profundo silêncio dos bosques, apenas interrompido pelo roçar do vento nos longínquos bosques, apenas interrompido pelo roçar do vento nos longínquos palmares, ou pelo gemido triste de sentido noitibó ou os agoureiros pios do acauã.

O quarto do doente era apenas aclarado por fraca luz, cuja baça claridade deixava, contudo, ver-se o rosto do mancebo, afogueado pelo requeimar da febre: os olhos tinha-nos ele dilatados, e com esse brilho e movimento que só dá a febre. No entanto estava tranquilo, e um só gemido não se lhe ouvia.

Após um breve instante desse fictício sossego, entrou a tremer-lhe o lábio superior, ergueu as mãos ambas para o céu, e volvendo-se no leito, murmurou com voz queixosa frases que não foram compreendidas.

— Eu a vi — exclamou, erguendo a voz, num transporte de satisfação — vi-a, era bela como a rosa a desabrochar, e em sua pureza semelhava-se a açucena cândida e vaporosa! E eu amei-a!... Maldição!... Não... nunca a amei... E calou-se.

Depois, um gemido lhe veio do coração; cobriu os olhos com as mãos ambas, e repetiu:

— Oh! Não, nunca a amei!...

Seguiram-se palavras entrecortadas, gemidos e gesticulações desordenadas para ao depois cair em inércia.

Era o delírio assustador que se manifestava.

Túlio observava-o com angústia: as dores do mancebo, sentia-as ele no coração.

A lua ia já alta na azulada abóbada, prateando o cume das árvores e a superfície da terra, e, apesar disso, Úrsula, a mimosa filha de Luiza B., a flor daquelas solidões, não adormecera um instante. É que agora esse anjo de sublime doçura repartia com seu hóspede os diuturnos cuidados que dava a sua mãe enferma; e assim, duplicadas as suas ocupações, sentia fugir-lhe nessa noite o sono.

Bela como o primeiro raio de esperança, transpunha ela a essa hora mágica da noite o lumiar da porta, em cuja câmara debatia-se entre dores e violenta febre o pobre enfermo.

Era ela tão caridosa... tão bela... E tanta compaixão lhe inspirava o sofrimento alheio que lágrimas de tristeza e de sincero pesar se lhe escaparam dos olhos, negros, formosos e melancólicos. Úrsula, com a timidez da corsa, vinha desempenhar à cabeceira desse leito de dores os cuidados que exigia o penoso estado do desconhecido.

Nenhuma exageração havia nesse piedoso desempenho, porque Úrsula era ingênua e singela em todas as suas ações, e porque esse interesse todo caridoso o mancebo não podia avaliá-lo, tendo as faculdades transtornadas pela moléstia. Este sentimento era, pois, natural em seu coração, e a donzela não se envergonhava de o patentear.

— Túlio — disse ao entrar — como vai ele? Toda a resposta do escravo foi um suspiro de profundo desânimo.

Úrsula chegou-se ao leito do enfermo, e com timidez, que a sua compaixão quase destruía, tocou-lhe as mãos. As suas gelaram de desalento e de comoção, porque sentiu as do doente ardentes como a larva de um vulcão.

Então, ao contato dessas débeis mãos que tocaram a sua, o cavaleiro abriu os olhos, a que um delírio febril dava estranha expressão, e fitando a donzela, num transporte indefinível do mais íntimo sofrer, exclamou com voz magoada e grave:

— Oh! Pelo céu! Anjo ou mulher! Por que trocaste em absinto a doçura do meu amor? Amor!... Amei-te eu? Sim, e muito. Mas tu nunca o compreendeste! Louco! Louco que eu fui!... E passando da dor à desesperação, torcia os braços gritando:

— Eu te vi, mulher infame e desdenhosa, fria e impassível como a estátua! Inexorável como o inferno!... Assassina!... Oh! Eu te amaldiçoo... E ao dia primeiro do meu amor!... Minha mãe!... minha pobre mãe!... — entrou a soluçar desesperadamente.

Úrsula e Túlio estavam perplexos; essas palavras sem nexo produziam em seu coração sensações, suposto que em ambos doídas, mas diversas em sua natureza.

A Túlio parecia aquele delírio precursor da morte, e a dor da perda de um amigo, o primeiro talvez que o céu lhe dera, absorvia-lhe todas as faculdades, e para tão grande pesar não tinha prantos, não tinha uma só palavra. Úrsula, pelo contrário, sentia estranho desassossego, que não sabia definir por si própria! Uma inquietação mortal, uma desconfiança, e as lágrimas brotavam-lhe espontâneas do coração.

— Adelaide! — prosseguiu ele após longa pausa — Adelaide!... Este nome queima-me os beiços; enlouqueço quando penso nela.

— Adelaide!... — repetiu consigo mesma a filha de Luiza B. — Oh! Quem serás?!...

O que é a natureza humana! O que é o coração da mulher! A Úrsula, pobre flor do deserto, que importava um nome proferido em delírio?

Essa mulher, essa Adelaide, parecia-lhe que muito interessava ao mancebo, que ainda agora lhe vivia no coração malgrado as palavras amargas, ou entranhadas de desesperação, que lhe caíam dos lábios ao lembrar-se dela. Essa mulher figurava-se bela como um anjo, sedutora como uma fada, maligna como um demônio, entretanto amada, muito amada; e o seu nome lhe queimava o coração, como se lá estivesse escrito com letras de fogo.

E há de ele amá-la? — repetia Úrsula a si própria com uma pertinácia que a teria admirado, se nisso pudesse atentar. Amor! — prosseguia — O que é amor? Creio que jamais amarei. Mas Adelaide deve ser muita amada por ele... mas eu o ouvi amaldiçoá-la!... Por que diz que lhe queima os beiços o seu nome? Oh, não é possível, ele já não a ama! E Úrsula, perdida nestes loucos pensamentos, não atendia ao que em torno de si havia.

O doente tinha adormecido.

Então ela voltou para junto de sua mãe. A pobre senhora, vencida pelo muito sofrer, tinha também adormecido, e a menina, reclinando-se em uma cadeira, procurou, mas embalde, conciliar o sono, que nessa noite parecia obstinado em fugir-lhe.

Em vão deixava cair as pálpebras; em vão tentava arredar os pensamentos do que ouvira, que a mente errava em torno daquele leito, donde ela se destacara; e o coração dizia-lhe que não estava tranquilo. Entretanto, pobre Úrsula, julgava que nunca havia de amar...

Mais tarde, um gemido saiu da câmara do doente; o coração doeu-lhe, porque se tinha esquecido até do remédio do enfermo: levantou-se, pois, correndo, e o foi levar.

A hora tinha já passado, porém o calmante produziu salutar efeito, porque ao retirar a colher dos lábios, o cavaleiro, deslizando um fraco sorriso, estendeu a mão à donzela e disse-lhe com reconhecimento:

— Ah, senhora, como sois boa! Quem quer que sejais, aceitai meus sinceros agradecimentos pelo generoso interesse que mostrais por um infeliz desconhecido.

— Silêncio — animou-se ela a dizer, corando muito — não vedes que tendes febre? Perdoai-me, mas eu não consinto que faleis.

— Oh! — exclamou ele. — Tanta bondade me confunde. Deixai ao menos agradecer-vos; mais tarde submeter-me-ei com gosto às vossas determinações.

— Agradecer-me? — interrogou Úrsula com voz um pouco comovida. — Que vos hei eu feito que mereça vosso reconhecimento? Pelo céu, nem faleis nisso — e em seus grandes olhos errou uma lágrima.

Não sei que sentimento a trouxe do coração aos olhos; mas fosse qual fosse, o que é verdade, é que a lágrima, semelhando uma pérola escapada a precioso colar, rolou-lhe pelas faces e foi cair sobre a mão do enfermo.

Ela estremeceu involuntariamente, e um rubor subitâneo, que ocultou com as mãos, lhe assomou às faces.

Mas os olhos do cavaleiro, reavendo seu fulgor febril, não viram essa lágrima, que lhe teria escaldado a mão, nem esse inocente rubor tão expressivo, porque começara um novo solilóquio.

— Sim — dizia — e não era feliz em possuí-la? — Que! — Oh! Foi um só dia... foi. Mas, minha mãe!... Via-a no sepulcro! E ela era um anjo!... Mataram-na! Mataram-na!

E estendia os braços e sorria-se como afagando benéfica visão.

— Agora posso viver — disse respirando largamente — sim, agora posso viver; porque já não a amo: sim, já não amo aquela que traiu cruelmente minhas loucas esperanças.

— Não vedes? — prosseguiu fitando Úrsula — Como é belo amar-se! Como se nos expande o coração, como nos transborda a alma de felicidade?

E a moça dizia consigo: — Meu Deus! Meu Deus, que é o que eu sinto no coração que me enternece? Deve ser sem dúvida esta forçada vigília, este lidar de todos os momentos. O estado de minha pobre mãe... a compaixão que me inspira este infeliz mancebo, tão próximo talvez da morte!... Oh, terrível ideia! A morte! É ele tão jovem... Tão leal e tão franca é a sua fisionomia... Meu Deus! Seria bem duro vê-lo morrer! Poupai-o, Senhor. Se eu pudesse, duplicaria os meus cuidados para salvá-lo! Oh, se eu pudesse...

O enfermo entrou a sorrir-se; a febre começava a declinar. Ao delírio violento seguiu-se plácida alucinação: parecia que um mundo de gratas ilusões, povoado de meigos seres, o afagava; estendia os braços como para estreitar entes que lhe eram caros e o rosto se lhe expandia suavemente.

Depois sua mão tocou uma mão alva, e trêmula, e gelada: esta mão, que ele em seu delírio procurou com ardor levar aos lábios, fugiu-lhe medrosa ao contato desse beijo de fogo.

— Atende-me — exclamou com desalento — não fujas... Tenho a contar-te uma história bem triste! Oh! Bem triste!...

E estendia as mãos súplices, e já nada encontrava.

Túlio contemplava-o silencioso, até que por último exclamou:

— Homem generoso! Único que soubeste compreender a amargura do escravo!... Tu que não esmagaste com desprezo a quem traz na fronte estampado o ferrete da infâmia! Por que o africano seu semelhante disse: — És meu! — ele curvou a fronte, e humilde, rastejando qual erva que se calcou aos pés, o vai seguindo? Por que o que é senhor, o que é livre, tem segura em suas mãos ambas a cadeia, que lhe oprime os pulsos. Cadeia infame e rigorosa, a que chamam escravidão? E, entretanto, este também era livre, livre como o pássaro, como o ar; porque no seu país não se é escravo. Ele escuta a nênia plangente de seu pai, escuta a canção sentida que cai dos lábios de sua mãe e sente como eles que é livre, porque a razão lhe diz, e a alma o compreende. Oh, a mente! Isso sim ninguém a pode escravizar! Nas asas do pensamento o homem remonta-se aos ardentes sertões da África, vê os areais sem fim da pátria e procura abrigar-se debaixo daquelas árvores sombrias do oásis quando o sol requeima e o vento sopra quente e abrasador: vê a tamareira benéfica junto à fonte, que lhe amacia a garganta ressequida; vê a cabana onde nascera e onde livre vivera! Desperta, porém, em breve dessa doce ilusão, ou antes sonha que a engolfara, e a realidade opressora lhe aparece — é escravo e escravo em terra estranha! Fogem-lhe os areais ardentes, as sombras projetadas pelas árvores, o oásis no deserto, a fonte e a tamareira — foge a tranquilidade da choupana, foge a doce ilusão de um momento, como ilha movediça; porque a alma está encerrada nas prisões do corpo! Ela chama-o para a realidade, chorando, e o seu choro só Deus compreende! Ela não se pode dobrar, nem lhe pesam as cadeias da escravidão, porque é sempre livre, mas o corpo geme, e ela sofre e chora. Porque está ligada a ele na vida por laços estreitos e misteriosos.

E Túlio ficou pensativo, e as lágrimas caíram, a seu pesar, fio por fio pela face abaixo.

Tinha, no entanto, terminado o delírio ao doente: seguiu-se extrema prostração e um suor geral e frio.

Úrsula e Túlio tiveram então uma só ideia, terrível e medonha — a morte! E estremeceram de dor. O escravo; porque este homem era agora a vida da sua alma; porque era a imagem de Deus, que lhe sorria. A donzela, por quê? Ela própria não o saberia dizer. Mas ambos sentiam iguais temores, aflições iguais: é então porque ambos o amavam.

E as noites que sucederam a esta eram ainda povoadas de sustos e ansiedade: o mancebo continuava a sofrer, e seus amigos redobravam de desvelos, e choravam sobre suas dores.

O cavaleiro via-os; escutava-os, e sentia lá no fundo da alma um estranho sentir. Úrsula tornara-se para ele a imagem vaporosa e afagadora de um anjo: e o que se passava naquele coração enfermo só ele o sabia.

3. DECLARAÇÃO DE AMOR

MUITOS DIAS SE PASSARAM JÁ, e Túlio, menos preocupado, mostrava-se feliz e comunicativo. Luiza B. o tinha incumbido do serviço exclusivo do seu hóspede, que começava a recobrar as forças, o que ele atribuía aos cuidados do jovem negro, da formosa donzela e ao ar puro que ali respirava. Com efeito, ele ia a melhor, e cada dia dava esperanças de próxima convalescença. Aprazia-se com essa notícia a boa senhora Luiza B., mas a encantadora Úrsula, melancólica e mais bela que nunca, sentia um indefinível pesar ao lembrar-se que em breve volveria para o seu antigo exulamento, e ainda maior que dantes: o cavaleiro falava de sua próxima partida.

Túlio acompanhava-o.

Tinha-se alforriado. O generoso mancebo, assim que entrou em convalescença, dera-lhe dinheiro correspondente ao seu valor como gênero, dizendo-lhe:

— Recebe, meu amigo, este pequeno presente que te faço e compra com ele a tua liberdade.

Túlio obteve, pois, por dinheiro aquilo que Deus lhe dera, como a todos os viventes — era livre como o ar, como o haviam sido seus pais, lá nesses adustos sertões da África; e como se fora a sombra do seu jovem protetor, estava disposto a segui-lo por toda a parte. Agora Túlio daria todo o seu sangue para poupar ao mancebo uma dor sequer, o mais leve pesar; a sua gratidão não conhecia limites. A liberdade era tudo quanto Túlio aspirava; tinha-a — era feliz!

E Úrsula invejava vagamente a sorte de Túlio e achava maior ventura do que a liberdade poder ele acompanhar o cavaleiro.

Pobre menina! Toda entregue a uma preocupação, cuja causa não podia conhecer ainda, engolfava-se de dia para dia em mais profunda tristeza, que lhe tingia de sedutora palidez as frescas rosas de suas faces aveludadas. Pouco e pouco desbotava-lhe o carmim dos lábios e os olhos perdiam seus vívidos reflexos sem que nem ela própria desse fé dessa transformação.

Alguém havia, porém, que reparava nessa mudança, que o coração já lhe havia denunciado, fazendo-lhe vibrar nas suas cordas todos os simpáticos eflúvios que emanavam do peito cândido e descuidoso da virgem. Esse alguém amava a palidez de Úrsula, esse alguém adorava a suave melancolia e o doce langor de seus negros olhos. Mas ela nem sequer descobrira tal, não sabendo explicar na sua inocência o que sentia.

À proporção que se adiantavam as melhoras do seu hóspede, Úrsula com precaução ocultava-se às suas vistas, limitando-se unicamente a informar-se com Túlio da sua saúde e empregando as horas de seu mortal enfado no generoso desempenho de sua filial solicitude.

Dias inteiros estava à cabeceira do leito de sua mãe, procurando com ternura roubar à pobre senhora os momentos da angustiada aflição: mas tudo em vão, porque seu mal progredia e a morte se lhe aproximava a passo lento e impassível, porém firme e invariável.

À noite, após compridas horas de vigília ao pé desse leito materno, onde ela consumia seus primeiros anos de juventude, a donzela, recolhida em seu gabinete, meditava profundamente. Ela antes tão descuidosa, ela no arrebol da vida, no primeiro despontar da existência, tão bela, tão pura, tão ingênua e tão louçã, por que sentia esse desejo irresistível de engolfar-se em tristes pensamentos, que davam-lhe a um tempo prazer e pena? Aonde a levava o ardor da mente? Úrsula, interrogada, mal o saberia dizer.

E as noites tornavam-se para ela longas e fatigantes; porque o sono não lhe abreviava as horas do cismar acerbo, nem lhe reparava as forças, e por isso a aparição da aurora era-lhe quase uma felicidade.

À hora em que os pássaros despertam alegres e amorosos, em que o vento mais queixoso cicia por entre as franças das árvores, em que a relva, orvalhada pela noite, ergue suas folhinhas mais verdes e mais belas, a essa hora mágica em que toda a criação louva ao Senhor e que o coração sente que nasceu para amar, a donzela, procurando fugir a suas meditações, saía a respirar a pureza da aragem matutina.

Quantas vezes ela sentada sobre a relva ou recostada a algum tronco colossal, que decepado e meio combusto brada contra a barbaria e rotina da nossa lavoura semisselvática, via despontar o sol por sob a orla azul dos horizontes, espalhando com seus raios de fogo a luz por toda a parte e destruindo como por encantamento a neblina, que qual denso véu encobria aos olhos madrugadores toda aquela paisagem.

Aí de novo entregue a seus pensamentos, Úrsula perguntava a si própria a causa de seus sofrimentos, e às vezes chegava a persuadir-se de que seu fim estava próximo e sorria-se. Pobre menina!...

Quando o sol tingia de cor dourada os cocares das palmeiras, ela voltava ao lar materno para continuar a desempenhar a penosa tarefa de que se havia incumbido. E a pobre mãe exultava de vê-la tão meiga, tão generosa e tão compassiva.

Ninguém em casa sabia dos seus passeios matinais, e ninguém os adivinhava, por isso esperava com ânsia o romper do dia: e à hora em que a natureza desperta, só e sem temor, tomava o caminho que bem lhe convinha e ia conversar com a solidão, essa conversa que só Deus compreende; quando voltava, achava-se mais aliviada.

Úrsula enganava-se — cada dia mais se agravavam seus males.

E o cavaleiro, quase que inteiramente restabelecido, apenas ressentindo-se algum tanto do pé, dispunha-se com efeito para a partida, e em seu coração havia bem profundas saudades, porque nessa habitação encontrara vida e acolhimento. Aí alguém lhe prendera o coração, e o mancebo, cheio de amor e de gratidão, sentia deslizarem os dias breves e risonhos. Entretanto a sua partida era infalível, mas ele não podia afastar-se daqueles lugares sem ter uma explicação. Era preciso ver Úrsula, e Úrsula fugia-lhe como a caça foge ao caçador. E o dia passava, e vinha a noite, e sucedia-se outro e mais outro dia, e o moço dilatava a sua viagem.

Em uma madrugada, contudo, após uma noite de atribulada vigília, mais cedo ainda que de costume a mimosa donzela entranhou-se por acaso no mais espesso da mata, onde não bulia a menor folha e onde apenas o reflexo do sol nascente penetrava a custo. Divagando por ela sem tino, vencida pelo cansaço, sentou-se, ou deixou-se cair sobre as raízes de um jatobá, cuja altura chamaria a atenção de outra que não fora Úrsula, de outra que não sentira, como ela, o coração oprimido por mortal desassossego. Esse jatobá, sobre cujas raízes Úrsula se deixara cair, parecia em anos rivalizar com a criação; sua copa altaneira, balançando-se no espaço, derramava grata sombra em larga distância. Aí em seu tronco a natureza, melhor que um hábil artista, entalhara em derredor espaçosos degraus, como outros tantos assentos preparados para descanso dos que à sua sombra buscassem uma hora de repouso ou de meditativo cismar.

Úrsula sentou-se sem o menor reparo num desses degraus e continuou nos seus pensamentos loucos, ou talvez inocentes como a sua alma; mais profundos, penosos para ela, que pela vez primeira sentia a necessidade de uma alma que compreendesse a sua, de um pensamento que se harmonizasse com o seu.

Mas amava ela a alguém? Ao cavaleiro? Talvez. Úrsula sentia uma vaga necessidade de ser amada, de amar mesmo; mas em quem empregar esse amor, que devia ser puro como a luz do dia, ardente como o fogo de madeira resinosa? Em quem? Não o sabia ainda.

Úrsula, malgrado seu, experimentava todo o fogo de um primeiro amor, bem o conhecia, e revoltava-se contra esse sentimento, que supunha não ser compartilhado, e atribuía-o a simples amizade. Embalde o coração lhe gritava, esclarecendo-a, ela julgava-se humilhada; reassumia toda a sua dignidade em face do cavaleiro, e só na solidão derramava o pranto de amargo e oculto padecer.

Entretanto, nessa madrugada em que Úrsula, ferida pela mais profunda angústia, sentara-se junto ao altivo jatobá que ficava cavaleiro às demais árvores; pensava em que o mancebo ia nesse mesmo dia partir, e esse pensamento era-lhe como o leito de Procusto, e o coração desfalecia de dor, a vida parecia-lhe agora inútil e fastidiosa.

Sentiu leve arruído de folhas secas como que calcadas sob os pés que se moviam cautelosos e despertou. E o arruído não cessou. Então a jovem donzela, meio assustada, levantou os olhos e prescrutou em derredor, mas nada viu. Seria talvez alguma fugaz cotia que atravessava o bosque correndo. Então Úrsula de novo voltou aos seus sonhos, mas um momento depois os passos eram já mais próximos, ela tornou o olhar, e mais amedrontada quis erguer-se, quis sair correndo, porém uma força oculta, irresistível, a deteve, e os passos muito perto estavam dela. Úrsula, temerosa e sem poder atinar com quem seria, estremeceu, mas não de verdadeiro medo, antes por um pressentimento incompreensível e que às vezes pressagia vagamente algum acontecimento futuro da nossa vida. Úrsula tudo ignorava, mas alguém com íntima satisfação descobriu seus passeios matinais, alguém que sentia a necessidade de vê-la, de falar-lhe um momento, e que devassou-lhe o retiro e foi perturbá-la em sua meditação.

E de repente ela ouviu uma voz, que a essa hora do amanhecer, nesse lugar, onde se julgava só, a surpreendeu, assustou-a e lhe arrancou um grito.

— Úrsula! — dizia-lhe a pessoa que estava ante seus olhos. — Úrsula, perdoar-me-eis?

— Oh, pelo céu, senhor! — exclamou a moça a tremer — Que viestes aqui fazer?!

E levantou-se resolvida a deixá-lo, castigando assim tanta ousadia. O mancebo, antevendo a sua resolução, caiu-lhe aos pés e, suplicante, disse-lhe:

— Oh! Não, não, Úrsula, por amor de vossa mãe, não me deixeis sem ouvir-me.

E tanta singeleza havia nestas palavras, e tanta expressão nos olhos do mancebo, que a donzela estacou indecisa e confusa.

Era o cavaleiro convalescente o homem que assim falava, como o leitor perspicaz tê-lo-á já adivinhado.

Nesse momento tão solene para Úrsula, sentiu profundo arrependimento de seus passeios da alvorada e rápido pela mente repassou todos os últimos atos de sua vida, sem atinar com o motivo que a levou tão longe de sua morada, e a um bosque que nunca vira, e por que fatalidade aquele homem a viera aí surpreender.

Úrsula, amando vê-lo, arrependia-se e quase que maldizia o sentimento de seu coração, que a obrigara a ir tão longe e a ter, a seu pesar, aquela entrevista que tanto começava a inquietá-la; e, lembrando-se de sua mãe, que tudo ignorava, exprobava-se a si acremente de tão leve procedimento.

— Úrsula — continuou o mancebo, reconhecendo sua perturbação. — Úrsula, mimosa filha da floresta, flor educada da tranquilidade dos campos, por que tremeis de me ouvir a voz? Julgais acaso que vos possam ofender as minhas palavras? Sossegai, em nome do céu, Úrsula, sossegai... Donzela, eu vos juro que sou leal e que o respeito que vos consagro, e de que sois digna, nem o silêncio deste bosque, nem a solidão do lugar o quebrará jamais.

O que sinto por vós — continuou comovido — é veneração, e a mulher a que se venera rende-se um culto de respeitosa adoração, ama-se sem desejos, e nesse amor não entra a satisfação dos sentidos.

— Úrsula — prosseguiu com voz que inspirava confiança — compreendo e avalio a perturbação em que vos achais; porque é inocente e pura vossa alma; mas se me escutardes, se vos dignardes ouvir-me, conhecereis que também puras são as minhas intenções e que o amor que inspirastes é cândido como a vossa alma.

Então Úrsula, erguendo as mãos com aflição, disse:

— Oh, senhor, por quem sois, deixai-me voltar agora mesmo para ao pé de minha mãe! — e deu um passo, mas esse passo foi vagaroso e trêmulo, e o mancebo eletrizado, encantado por essa cândida timidez, que revelava a mais angelical pureza, correu para ela com indefinível transporte, misturado de amorosa veneração, e, docemente obrigando-a a sentar-se, curvou-se aos pés, e mudo, e contemplativo, e enlevado no rubor que tingia as faces da donzela, guardou silêncio por alguns instantes, e depois, rompendo-o, disse-lhe:

— Úrsula, casto é o meu amor, e se o não fora, por prêmio de tanto desvelo e generosidade, não o ofereceria. No meu delírio, Úrsula, não credes vós quem me aparecia, oh, não! Outra mulher eu via! Era terrível essa visão infernal, e julguei morrer de desesperação; porque, dia e noite, ela, implacável, desdenhosa e fria estava ante meus olhos... Sim, julguei morrer; mas vós aparecestes junto ao meu leito, a vi, e as dores se amodorraram, e como se eu visse a Senhora dos Aflitos levando à minha cabeceira um dos anjos que a rodeiam, e que lançou bálsamo divinal em minhas feridas, que cicatrizaram e o coração serenou, a alma ficou livre. Então a imagem odiosa, que me perseguia, desapareceu para sempre. Úrsula, pude esquecê-la para sempre, sim! Esquecê-la! E esquecer com ela não o amor que sentia, porque essa há muito que me morreu no coração; e sim o ódio, o ódio que lhe votava. A vossa bondade deu-me forças para esquecê-la, talvez mesmo para perdoá-la.

— Eu tinha o coração dilacerado por cruentas dores — prosseguiu o moço, com voz pausada, após um momento de silêncio — e esse estado de penosa angústia ocasionou a enfermidade que me deu a ventura de conhecer-vos, e se vos não houvesse visto, se prolongaria até o extremo da vida, que não poderia tardar. Vós, Úrsula, aparecestes e espantastes as trevas de tão apurado sofrimento — fostes o meu anjo salvador. Úrsula, eu vos amo. E se vossa alma simpatizar com a minha, meu coração vos tem escolhido para a companheira dos meus dias.

— Amais-me, Úrsula?

Um súbito rubor, melhor que a rosa, tingiu as faces da delicada virgem, e ela, baixando os olhos, disse-lhe:

— Talvez!... — a voz era tão débil que semelhou o doce murmúrio de queixoso ribeiro.

Mas, enquanto os lábios diziam simplesmente talvez, o coração, desfeito em transportes de inefáveis doçuras, sonhava as venturas do paraíso. E sua inquietação, e suas noites de vigília, já não eram para ela um penoso mistério ou uma forçada dissimulação. Úrsula confessou a si mesma que aquilo que sentira era verdadeiro e ardente amor.

E Adelaide — essa mulher, esse nome proferido em delírio, que lhe aparecia em seus sonhos como uma visão que incomodava, deixava de agora em diante de ocupar-lhe o pensamento. Porque o mancebo havia dito: — Esqueci-a, perdoei-a por amor de vós. Mas, ainda assim, quem seria ela que tanto amor lhe tinha merecido?

Que lhe importava? Era feliz, porque era amada, e sua vida inteira teria dado por esse momento de ventura.

Amor! Esse sentimento novo, ardente como o sol do seu país, arrebatador como as correntes que se despenham no vale, foi a varinha mágica que transformou-lhe a existência. Julgou tudo um sonho encantador, cujas doçuras começava apenas a apreciar.

Extasiada e louca de amor, a donzela embalde procurava reaver a razão, e mais embalde procurava interrogar-se a si mesma — quem seria aquele homem, que assim atraía o seu coração? Porque este só lhe dizia: — Amá-lo é viver, e a vida assim vivida é a eternidade no gozo.

— Úrsula — disse o mancebo, comovido, após de longo silêncio — devo-vos a fiel narração de minha vida. O homem que vos ama, que vos idolatra, o homem que vos escolhe para sua esposa, não vos deve ocultar a mínima particularidade da sua triste existência; e depois que me tiverdes ouvido, depois que souberdes quem é o cavaleiro que tendes ao vosso lado, dai-lhe o vosso coração, dizei-lhe que o amais, e ele será uma vez feliz, uma só na vida; mas essa felicidade deve ser tão grande que o seu passado cairá para sempre em um abismo de profundo esquecimento. Porém, Úrsula, se me recusardes essa ventura, a única que almejo, a minha vida tornar-se-á um prolongado martírio, e quem sabe se a poderei suportar?!

— Oh! — exclamou a donzela com interesse. — Pesa-vos acaso no coração tão pungente mágoa?

— Sim — tornou ele comovido — sim, grande tem sido o meu sofrimento. Julguei, Úrsula, nunca mais amar, e morrer amaldiçoando meu primeiro amor; mas eu lhe disse já — a vi, e meu coração cobrou nova vida, e novo amor curou-lhe as feridas que o destruíam. Agora, decidireis da minha sorte: feliz ou desgraçado, Úrsula, só vós sereis o meu amor.

Então os olhos da donzela desferiram brilhantes reflexos de amor, e cedendo a um transporte de indefinível entusiasmo, exclamou:

— Sejais vós, senhor, quem quer que fordes, quaisquer que sejam os precedentes da vossa vida, que generosamente prometeis confiar-me, aqui, na solidão silenciosa e grave desta mata, onde só Deus nos ouve, onde só a natureza nos contempla, juro-vos pela vida de minha mãe que vos amarei agora e sempre, com toda a força de um amor puro e intenso e que zombará de qualquer oposição donde quer que parta.

— Vós?! Repeti, repeti ainda uma vez essas inebriantes palavras que transportam-me!

— Sim — tornou ela, cujos olhos cintilavam como dois astros luminosos e diziam mais que os lábios, e cujo coração arfava de amor e de felicidade. — Sim, juro-vos pelo céu, que nos escuta, que hei de amar-vos sempre! Feliz ou desgraçada, lembrai-vos que por amar-vos desprezarei a vida.

— Oh! — exclamou o jovem convalescente. — Eu agradeço-vos, meu Deus, de todo o meu coração! É verdade então que para mim ainda pode haver felicidade?! Meu Deus, Senhor meu Deus, como sois bom!... E olhava a donzela com inexprimível transporte.

— Úrsula — prosseguiu — vós me erguestes do abismo da desesperação em que outra mulher me havia despenhado e apagais da minha alma a derradeira lembrança do seu funesto amor!

E eu amei-a, Úrsula, amei-a com todas as veras de um primeiro amor. Não vos pode ofender esta confissão; porque esse amor tão apaixonado varreu-se da minha alma como a nódoa pela límpida água da fonte cristalina.

Depois de tão longo e apurado sofrimento, depois de ter esgotado até as fezes o meu cálix de amargura, votei ódio àquela que fora tão cara.

Excessivo era o meu afeto; mas ela quebrou-o, deliu-o do meu coração, e hoje sinto por essa mulher fundo e inextinguível desprezo.

— Desprezo? — continuou meditando sobre esta palavra. — Sim, desprezo; mas o tempo e o meu coração e todas as minhas faculdades revoltadas contra o mais hediondo proceder dessa criatura infame foram que o trouxeram, e agora votava-lhe ódio e maldição; mas tais sentimentos, tão pouco em harmonia com o meu ser, acabo de imolá-los ante os vossos pés, anjo bem-fadado!

— Cumpre que vos confesse como a amava... — aqui recolheu-se a si, e fazendo um esforço sobre-humano continuou. — Oh, amava-a como o cativo ama a liberdade, como o ébrio o vício que o mata; seguia-a como o colibri as flores, como a bússola o Norte, como o fiel lebréu a seu dono: era uma paixão que me prendia o coração e os sentidos; era um frenesi, um delírio próximo da loucura perene. Tudo ela destruiu em um momento, como a criança o brinco cujo valor não sabe!... Via-a na escuridade da noite, no cair da tarde; via-a na erva do prado, no cálix de uma flor, no firmamento entre as estrelas mais brilhantes, no arrulho amoroso das aves, no canto sentido da sururina. Oh, sempre ela, sempre ela, sempre meiga e sedutora, sempre apaixonada!

E eu gemia de amor, e de saudades, e amaldiçoando a separação; porque esse afeto, que me escaldava e se apossara de todo o meu ser, julgava-o igual e tão intenso no seu peito. Engano, engano fatal!

— Úrsula! Agora todo esse amor, ou ainda amor mais sublime, mais digno de vós, nutre o meu coração; agora poderei ter forças para contar-vos a história da minha vida.

E depois de breve pausa, prosseguiu, suspirando:

— Quisera que o meu passado fugisse como a sombra de uma ave inquieta ou como uma nuvem que o vendaval desfaz, para nunca mais invocá-lo; porque é triste e pungente, mas é preciso pedir-lhe recordações, que me rasgarão de novo feridas mal cicatrizadas, para patentear-vos todas as minhas longas e profundas dores.

Rogo-vos, pois, que não tomeis a minha narração, quando tenha de ser apaixonada, como desejo do passado e saudades dele. Podeis amar-me sem receio de que ele perturbe o nosso mútuo afeto. Ressentimento, ódio, maldição, tudo, tudo hei sacrificado ao vosso amor.

Oh, de novo jurai-me que sois minha, que o vosso amor é igual ao meu, doce e mimosa Úrsula, para que eu possa falar-vos daquela que foi casta e pura como vós, daquela que foi minha mãe.

E a voz tornou-se débil, e surda, e dolorosa, como um choro sentido, que fica no coração e não vem aos olhos.

4. A PRIMEIRA IMPRESSÃO

LÁGRIMAS TINHA ELE NA VOZ, e no coração, que lhe embargaram e o impediram de atar o fio da sua narração. Fez por último um esforço sobre si e começou:

— Úrsula, se eu vos não encontrara meiga, e desvelada, no caminhar de minha amarga existência, odiosa me fora ela, e a recordação do passado seria para mim um prolongado martírio.

O segredo de minhas dores seria para sempre sepultado no mais fundo do meu coração, mas eu vos amo, e o vosso amor dá-me forças para tamanho sacrifício. Ouvi-me, pois, e perdoai-me.

Só apartei-me de minha mãe quando fui para São Paulo cursar as aulas de direito, e seis anos de saudades aí passei, tendo-a sempre em meus pensamentos; porque amava-a com uma ternura que só vós podeis compreender. Num dia recebi o grau de bacharel e noutro segui para a minha terra natal.

Ah, como me transbordava a alma de prazer! Eu vinha rever aquela que cercara de amor e de cuidados a minha infância!

Afeição alguma me pôde reter em São Paulo; minha mãe, o lugar onde eu tive meu berço, meus amigos de infância, não os podia esquecer. Parti, pois, com prazer duma terra onde tinha vivido longos anos de saudade, e de pesares.

E eu vi essa mulher, que me dera a vida, essa mulher, que era ídolo do meu coração, e lancei-me nos seus braços, chorando de alegria por tornar a vê-la; mas ela estava desfeita, e suas feições denunciavam grande abatimento moral.

Nunca tive felicidade a que se não viesse misturar sentimentos de angústia; nunca fui completamente feliz.

— Sê-lo-eis ainda — disse-lhe a donzela com indefinível ternura.

— Sim, agora o creio — respondeu ele com confiança. — Vós, Úrsula, sois a mulher com quem sonhava minha alma em seu contínuo devanear.

— E junto de minha pobre mãe — continuou o cavaleiro, após breve silêncio — eu vi uma mulher bela e sedutora, dessas que enlouquecem desde a primeira vista.

No primeiro transporte de alegria, enquanto minha mãe chorava de satisfação, ela com os olhos fitos em um bordado, que tinha entre as mãos, parecia distraída; e eu revia-me na sua beleza tão pura como a estrela da manhã.

Oh! Minha doce Úrsula, eu amei a essa encantadora donzela, e o meu amor foi puro, arrebatador, mas ela não o compreendeu.

— Meu filho — disse-me minha mãe, apresentando-me a formosa donzela — eis Adelaide, a minha querida Adelaide. É filha de minha prima, e órfã de mãe e pai. Recolhi-a e amo-a como se fora minha própria filha.

Tancredo — continuou — não poderei esperar de ti desvelada proteção para aquela que adotei por filha, para aquela que tem enxugado as lágrimas de tua mãe na ausência de seu filho?!

— Minha Úrsula adorada, de joelhos prometi a minha infeliz mãe ser o escudo da formosa órfã.

Então ela, em sinal de reconhecimento, estendeu-me a mão, que apertei com enlevo. Creio que meus olhos exprimiam algum sentimento terno a seu respeito, porque seu rosto se tingiu de carmim, e depois um débil suspiro, como que a muito reprimido, saiu meio abafado de seus róseos lábios.

Ouvi-o, e julguei — louco de mim! — que esse suspiro era a primeira expressão de um repentino e profundo afeto: julguei que sonhava, porque nunca havia sentido o que então se passava em mim.

Mais tarde, veio meu pai felicitar-me. Mostrava-se feliz e orgulhoso de seu filho, e abraçou-me com transporte.

Não sei por quê, mas nunca pude dedicar a meu pai amor filial que rivalizasse com aquele que sentia por minha mãe, e sabeis por quê? É que entre ele e sua esposa estava colocado o mais despótico poder: meu pai era o tirano de sua mulher; e ela, triste vítima, chorava em silêncio, e resignava-se com sublime brandura.

Meu pai era para com ela um homem desapiedado e orgulhoso — minha mãe era uma santa e humilde mulher.

Quantas vezes na infância, malgrado meu, testemunhei cenas dolorosas que magoavam, e de louca prepotência, que revoltavam! E meu coração alvoroçava-se nessas ocasiões, apesar das prudentes admoestações de minha pobre mãe.

É que as lágrimas da infeliz, e os desgostos que a minavam, tocavam o fundo da minha alma.

E meu pai ressentia-se da afeição que tributava a esse ente de candura e bondade; mas foram as suas carícias, os seus meigos conselhos, que soaram a meus ouvidos, que me entretiveram nos primeiros anos, ao passo que o gênio rude de meu pai amedrontava-me.

O desprazer de ver preferida a si a mulher que odiava fez com que meu implacável pai me apartasse dela seis longos anos, não me permitindo uma só visita ao ninho paterno; e minha mãe finava-se de saudades, mas sofria a minha ausência porque era a vontade de seu esposo. Mas eu voltava agora para o seu amor, e seus dias vinham a ser belos e cheios de doce esperança.

Entretanto, eu também era feliz. Aprazia-me ver Adelaide, no arrebol da vida, tão casta, tão encantadora, compartilhando ora a dor, que nos oprimia, ora o prazer que enchia nosso coração. Em Adelaide minha mãe encontrara uma desvelada amiga; a sua extrema beleza e a dedicação àquela mulher, que eu tanto amava, atraíam-me incessantemente para ela; e a primeira vez que a vi, o meu coração adivinhou que havia de amá-la.

Sim, amei-a loucamente, amei-a com todas as forças de um primeiro amor, e quando um dia lhe revelei o profundo afeto que me inspirava, conheci que era correspondido, não obstante ela dizer-me:

— Tancredo, sou pobre, e teu pai se há de opor à semelhante união.

— Ah! — prorrompeu o cavaleiro com azedume mal disfarçado — mulher infame e ambiciosa!

E minha mãe conheceu a afeição que nos ligava e estremeceu de horror.

— Meu filho — disse-me um dia, chorando — tu amas Adelaide, eu o tenho adivinhado, porque ao coração de uma mãe nada se oculta. Vais amargurar a tua existência...

Tancredo, meu filho, não cedas a um amor que te pode vir a ser funesto. Adelaide é pobre órfã, e teu pai não consentirá que sejas seu esposo.

Adelaide entrou, sorriu-se para mim e foi abraçar minha mãe, e eu continuei a conversação.

— Sim, minha querida mãe, amo Adelaide, e seu coração retribui-me, meu pai ama-me, não poderá, portanto, contrariar a minha primeira inclinação. Não, minha mãe, abençoai primeiro que ele o nosso amor; porque esta há de ser a esposa do vosso filho. Não é verdade, minha Adelaide?

Ela corou de pejo, e redarguiu:

— Tancredo, sou uma pobre órfã, vosso pai...

— Oh! Pelo céu — interrompi-a — pelo céu... meu pai não tem coração de tigre.

— Ah, meu filho! — objetou minha pobre mãe com voz tão trêmula que semelhou um choro amargo: — Receio...

— Receais!...

— Receio a prepotência de teu pai, e uma oposição tenaz e exorbitante.

— Tendes razão! — disse-lhe, porque as recordações do passado se erguiam ante mim como pavorosos fantasmas de dor e de vergonha. — Creio, no entanto, que ele cederá a seu filho o único favor que lhe há pedido em toda a vida.

— Duvido! — replicou, abanando tristemente a cabeça. — Meus filhos, o céu que lhe ilumine as trevas do pensamento cobiçoso e que eu os veja unidos e felizes.

— Sim, minha boa e terna mãe — lhe tornei com convicção — haveis de ver-nos felizes, e vós o sereis também. Estou que meu pai não me poderá negar a esposa que meu coração escolheu.

Notei que meu pai começou a ser mais comunicativo e mais tratável, e com isso minhas esperanças robusteciam e minha mãe cedeu a essa enganosa ilusão.

Oh! Como escoaram felizes esses dias! Eu amava, e meu amor correspondido bastava para a minha ventura.

Todo embevecido no meu amor, não curava de meus interesses nem de ilustrar meu nome na carreira pública. Toda minha ambição era essa mulher tão loucamente amada. Mas isto não podia durar muito — era ventura demais para um pobre mortal.

Era o dia dos anos de Adelaide. Esse dia, que de amargas recordações me traz!

Decidi-me a ir comunicar a meu pai o segredo do meu coração — esse segredo que me transbordava já da alma, e que ele fingia não conhecer.

— Qualquer que seja a impressão que a meu pai possam causar minhas palavras — disse a minha mãe — Adelaide há de ser minha.

Ela, olhando-me com severidade, redarguiu:

— Tancredo, não chames sobre ti a cólera de teu pai. Oh! Deus não protege a quem se opõe à vontade paterna!

Baixei os olhos confuso e magoado e, quando os ergui, duas lágrimas lhe sulcavam o rosto.

— Oh, minha pobre mãe! — exclamei reconhecido — perdoai-me!

Então ela sorriu-se, porém seu sorriso era amargo e terno a um tempo!

Ah, ela temia seu esposo, respeitava-lhe a vontade férrea; mas com uma abnegação sublime quis sacrificar-se por seu filho.

— Irei eu — disse-me, e saiu.

Corri para o meu quarto, contíguo ao de meu pai, e ouvi tudo quanto se passou entre ele e minha mãe.

O que ouvi ainda hoje enche-me de espanto, e reconheci desde então que meu pai era mais desapiedado e cruel do que imaginava.

E minha desditosa mãe tudo arrostou, porque era a causa de seu filho que advogava! Era às vezes tão débil e trêmula a sua voz, e tão áspera, e violenta a de meu pai, que seus acentos chegavam a meus ouvidos como a queixa ao longe de sentida rola.

Mas outras vezes vinha ela aos meus ouvidos, e eu acreditei que era minha mãe uma santa.

Deus meu! Parece-me que ainda a escuto!

A mansidão com que se exprimia desarmaria a uma fera, mas meu pai, irritado e fora de si, exclamou com voz terrível, que ecoou medonha em meus ouvidos.

— E acreditastes, senhora, que eu consentiria em semelhante união? Estais louca?! Sem dúvida perdestes a razão. Ide-vos, e não continueis a alimentar no coração desse louco uma esperança que jamais lhe deveria ter nascido.

— Mas, senhor... — aventurou-se a retorquir-lhe minha desvelada mãe. — Adelaide é a filha de uma parenta querida! Amo-a; e por que não será ela digna de meu filho?

— Calai-vos, eu o ordeno — interrompeu aceso em ira. — Julgais que por ser essa mísera órfã vossa parenta, e porque a amais, hei de desposá-la a meu filho só por ser essa a vossa vontade? Decididamente que enlouquecestes.

E sorriu-se, mas com um sorriso sardônico que me gelou de angústia.

Não se aterrou, e respondeu-lhe com uma voz tão débil, que não ouvi; mas tão meiga e queixosa, que o acalmou um pouco.

— Louvo-vos a generosidade, minha nobre mensageira — disse pouco depois com tom de sarcasmo, que me fulminou — guardai para uma esposa mais digna de Tancredo essa parte de vossa fortuna com que pretendeis tão desinteressadamente dotar a vossa Adelaide.

E terminou isto com estrepitosas gargalhadas.

— Oh, senhor, pelo amor do céu! É só para me roubardes a última ventura de um coração já morto pelos desgostos que me negais o primeiro favor, que vos hei pedido! Que vos hei feito para merecer tanta dureza da vossa parte? Que vos há feito meu filho para vos opordes a sua felicidade? Oh, quanto sois implacável em odiar-me... Sim, a lealdade e o amor de uma esposa, que sempre vos acatou, merecem-vos tão prolongado, desabrido e maligno tratamento?!

Perdoai-me... mas tanto tenho sofrido; tantas lágrimas me têm sulcado o rosto desfeito pelos pesares; tanta dor me tem amargurado a alma, que estas palavras, nascidas do íntimo do peito, pungentes, como toda a minha existência, não vos podem ofender. Arranca-as, senhor, dos abismos da minha alma a agonia lenta, que nela tem gerado o desprezo e o desamor com que me tendes tratado!

E extenuada por tamanho esforço e pela dor não pôde continuar.

E meu pai a ouvia em silêncio; quando ela terminou suas magoadas expressões, ele, com tom seco e firme, tão estranho aos queixumes da esposa, como se os não ouvira, exclamou:

— Ide-vos! — E acrescentou no mesmo tom: — Dizei a vosso filho que a vontade de seu pai não a domastes vós, e ninguém o conseguirá.

— E nem uma palavra de esperança?... — soluçou minha infeliz mãe.

— Ide-vos — tornou-lhe o endurecido esposo.

Ela obedeceu.

5. A ENTREVISTA

— **A DOR QUE SENTI,** minha querida Úrsula — prosseguiu o mancebo com voz magoada — não vos poderei exprimir. Ela calou-me até o fundo do coração, e eu gemi de angústia por mim, por minhas esperanças assim cortadas e por minha mãe desdenhada e aviltada ao último apuro por seu esposo.

Corri para ela chorando: esse choro, que eu não sabia reprimir, arrancava-me o sofrer profundo daquela criatura angélica.

E ela também chorava, mas era um pranto sentido e terno, que contrastava com o meu, que era provocado mais pela indignação mal sufocada no coração, ao passo que o dela era o de uma santa.

— Que humilhação! — exclamei pálido de comoção. — Que humilhação, minha mãe!

— Amo as humilhações, meu filho — disse com brandura, que me tocou as últimas fêveras da alma — o mártir do calvário sofreu mais por amor de nós.

Meus joelhos vergaram instintivamente ante essa mulher de tão sublimes virtudes, e eu disse-lhe:

— Ao menos o sacrifício do filho de Deus não foi inútil, minha mãe, e o vosso? Lágrimas, e desesperança!

— Paciência, meu filho, Deus assim o quer!

— Eu tudo ouvi, minha mãe, tudo. — E ajuntando as mãos sobre seus joelhos, que tremiam de aflição, continuei soluçando. — Por amor de mim quisestes sacrificar-vos! — E, reprimindo o pranto, continuei: — Meu pai...

— Silêncio! — exclamou ela, interrompendo-me. — Meu filho, não levantes a voz para acusar aquele que te deu a vida. Adelaide, que estava presente, pálida e abatida, disse com voz grave e melancólica, porém firme, que revelava dignidade:

— Para que repetirem-se estas cenas de humilhação e de pranto, que me magoam? Cessem elas, senhora, para sempre. — E voltando-se para mim, com acento breve, mas trêmulo e amargurado, concluiu: — Tancredo, eu te restituo teus votos.

E depois com voz mais tocante e mais dolorosa, que me cortou o coração, prosseguiu:

— Agradeço-te, generoso mancebo, o afeto desinteressado que animou teu coração, mas, se me é permitido pedir-te ainda um último favor: — Tancredo, pelo amor do céu, não desafies a cólera de teu pai!

— Mulher angélica! — bradei comovido por tão sublime expressão. — Que me pedes? Posso porventura esquecer-te? Poderei viver um só dia sem ver-te? Sem ouvir o harmonioso som da tua voz? Oh, Adelaide... Esse sacrifício fora demais para mim, nunca o farei! Deixasses embora de amar-me, que ainda assim eu te amaria loucamente.

— E eu — disse ela com amargura, mas tão baixo que só eu lhe ouvi — triste de mim! Amar-te-ei sempre, mas em silêncio — basta que só Deus o saiba.

E um turbilhão de lágrimas borbulharam de seus olhos e sufocaram-na.

— Úrsula, minha Úrsula, só agora sei que essa mulher mentia, que suas lágrimas eram encadeadas aleivosias, e suas palavras refalsadas como o seu coração.

Tresloucado, porque essas lágrimas feriam a minha alma, arranquei-me à triste cena que tão dolorosamente me magoava, e fui procurar meu pai.

Apenas fiz-me anunciar, fui logo introduzido em seus aposentos.

Nesse quarto, onde brilhava o luxo e a opulência, tudo era triste e sombrio.

Cruzava-o meu pai com passos rápidos e incertos; seus olhos refletiam o ódio que lhe dominava nesse momento o pensamento. Notei que suas feições estavam transtornadas e que baça palidez lhe anuviava o rosto. Semelhava o leão ferido, que despede chama dos olhos, e eu julguei que ia prorromper em insensatos brados. Enganei-me.

Apenas viu-me, serenou um pouco, assentou-se e acenou-me para a cadeira, que estava ao lado.

Houve então um momento de profundo silêncio nesse momento, meu pai observava atento minha fisionomia, que devia estar bastante alterada, porque eu sofria horrivelmente.

Entretanto, depois de minucioso e aturado exame, deixou errar nos lábios um sorriso meio animador, e meio escarnecedor, e disse-me com irônico acento que esmagava:

— Por mais que tenha cogitado, não atinei ainda, meu Tancredo, com o motivo que te obriga a assim obsequiar-me. Não ousava contar com este favor.

Inclinei-me, e ele prosseguiu:

— Dispunha-me agora mesmo a ir procurar-te; porque tenho notícias de alta importância para comunicar-te.

— Estou a vossas ordens, meu pai — disse-lhe com sequidão.

— Que reserva! — exclamou mordendo os beiços. — Que reserva, Tancredo, que quer isto dizer? Desconheço-te.

— Senhor!... — redargui confuso por aquela interpelação que não esperava.

— Tancredo! — bradou com voz de trovão. — Vens por acaso questionar comigo? Também tu! — E sorriu-se com desdém, e depois continuou: — De há muito que conheço que o amor que me dedicas não excede aos limites que te impõe a sociedade, e a decência. Bem, nem outra coisa podia esperar: entretanto, para provar-te o meu desvelo, não hei poupado fadigas nem desdenhado meios para oferecer-te um lugar distinto entre os homens.

— Meu pai! — disse-lhe com dignidade. — Agradeço-vos os desvelos de que me tendes cercado, mas, senhor...

— Cala-te — interrompeu ele mudando de tom — nada de recriminações. Podes seguir — continuou — as tuas inclinações, teu pai não te estorvará a carreira.

E com certo sorriso, meio fagueiro, perguntou-me:

— Poderei saber o que aqui te trouxe?

— Então, não atinastes ainda com o motivo da minha visita? — disse--lhe. — Pois bem, explicá-lo-ei se o permitirdes.

— Fala — disse-me friamente.

— Já não podeis ignorar, senhor — comecei — que amo com paixão a jovem Adelaide e que é ela digna da minha mão: uma só palavra vossa bastará agora para a minha completa ventura. O vosso consentimento, senhor, para desposá-la, que o meu reconhecimento será eterno e profundo.

— Deveras? — interrogou, fitando em mim seus olhos com indefinível altivez; e depois cravando-os no chão, guardou profundo silêncio, que eu não ousei quebrar. Porém mais tarde, compondo o rosto avermelhado e severo, objetou com voz firme, mas pausada, grave e sem cólera:

— Meu filho, tenho pensado madura e longamente sobre os teus amores — são uma loucura!

— Loucura! — exclamei com ânsia. — Loucura, meu pai? Por que o dizeis? Porque é ela pobre! Oh, a um tesouro de riquezas é preferível seu coração!

Escutou-me sem alterar-se, e depois perguntou-me pesando cada uma de suas palavras.

— Sabes tu quem era o pai dessa menina?

Não te falarei — continuou — de seus cofres vazios de ouro pelo seu péssimo proceder, mas, Tancredo, sobre o nome desse homem pesa uma...

— Perdão, meu pai — atalhei com aflição. — Amo-a. Que me importa o nome de seu pai? Dar-lhe-ei o meu; e se alguma nódoa houve sobre esse homem, purificou-a o gelo do sepulcro. Meu pai, Adelaide está pura dessa mancha como de toda a culpa.

Esperava uma explosão de cólera, mas contra toda a expectativa, sorriu-se com bondade e disse-me:

— Tancredo, tens o meu consentimento. Adelaide será tua esposa, mas hás de permitir que te imponha uma condição.

A estas palavras, Úrsula, eu estava de joelhos aos pés desse homem, que pela vez primeira se mostrava bondoso.

— Falai, meu pai — disse-lhe — qualquer que ela seja aceito-a.

— Pois bem — tornou ele rindo-se tão expansivamente, que, Deus meu! Acreditei que vinha tudo aquilo do coração, que se lhe expandia pela minha felicidade: e eu transportado de reconhecimento beijava-lhe as mãos, e sentia que o amava, porque era feliz. Mas esta ilusão passou, e o despertar foi doloroso.

— Tancredo, és o desposado de Adelaide — disse-me. — Doravante esse tesouro, que hás amado, será por mim vigiado como a mais preciosa esperança da tua suprema ventura; Adelaide, porém, é ainda uma criança, e a experiência de uma já longa existência obriga-me a impor-te a condição de esperar por essa união um ano.

— Oh, meu pai!...

— Escuta-me. Bem sabia eu que te ias afligir, porém atende-me. A esposa que tomamos é a companheira eterna dos nossos dias. Com ela repartimos as nossas dores ou os prazeres que nos afagam a vida. Se é ela virtuosa, nossos filhos crescem abençoados pelo céu, porque é ela quem lhes dá a primeira educação, as primeiras ideias de moral; é ela, enfim, quem lhes forma o coração e os mete na carreira da vida com um passo, que a virtude marca. Mas, se pelo contrário, sua educação abandonada torna-a uma mulher sem alma, inconsequente, leviana, estúpida ou impertinente, então do paraíso das nossas sonhadas venturas despenhamo-nos num abismo de eterno desgosto. O sorriso foge-nos dos lábios, a alegria do coração, o sono das noites e a amargura nos entra na alma e nos tortura. Amaldiçoamos sem cessar essa mulher que adorávamos prostrados, porque se nos figura agora o anjo perseguidor dos nossos dias.

Vês, meu filho — continuou — Adelaide é apenas uma criança; é tão nova... Tão pouco conheces suas qualidades que...

— Mas, meu pai! — interrompi. — Que dotes faltam ao espírito de Adelaide? Não a tem educado minha mãe?

Franziu ligeiramente os supercílios, e disse:

— Sua educação não está completa; ademais — continuou, apresentando-me um papel dobrado e selado — eis aqui um despacho, que obtive para ti, meu filho. Honroso é o emprego que te oferecem, e eu ouso esperar que o meu Tancredo não só o não recusará, porque foi solicitado por seu pai, como não deixará de partir breve, obedecendo às ordens superiores que o mandam à cidade de ***.

Abri o fatal papel, li-o, e gelei de dor.

Era para longe da minha província que me desterravam.

— Meu pai! — exclamei pálido de comoção.

— Recusas? — perguntou-me desconcertando-se. — Recusas?

— Não, senhor. Mas...

— Mas... o quê?

— Meu pai, por que não desposarei Adelaide antes de partir para a terra do exílio? Oh, não, não, hei de desposá-la, e depois irei contente.

Então ele mordeu asperamente os beiços, tornou-se rubro de cólera, e com voz que mal disfarçava a raiva de ver-se assim contrariado, disse-me:

— Tancredo, dei-te a minha palavra, Adelaide será tua esposa, é um sacrifício: impus-te uma condição, aceitaste-a. É sacrifício por sacrifício. A condição é fácil de aceitar-se, mas...

Interrompeu-se e ficou em silêncio.

Velho cruel!, dizia eu a mim mesmo; por que semelhante procedimento para comigo?!

— Acabemos com isto — tornou-me ele enfurecido — uma palavra somente. Aceitas ou queres lutar comigo?

Revolveram-me então na mente abrasadas ideias, que mal se compadeciam com os sacros deveres prescritos a um filho pela sociedade e pela natureza.

Comprimido o coração, sentia estalar-me de agonia; e eu olhava esse velho implacável e frio, que embargava a minha ventura.

Baixei os olhos, meditei por largo tempo e submeti-me à sua vontade férrea. Saí do seu quarto prostrado de amargura, e porque a dor era funda em meu coração.

6.

A DESPEDIDA

MINHA DESVELADA MÃE aguardava-me trêmula e ansiosa, e perguntou-me aflita:

— Recusou?

— Não, senhora — tornei-lhe amargurado.

— Louvado seja o Senhor! — exclamou então com reconhecimento, mal compreendendo o excesso da minha dor, e lágrimas de satisfação lhe regaram as faces.

E Adelaide, erguendo as mãos aos céus e fitando neles seus grandes olhos úmidos de prazer, parecia concluir a oração começada por minha mãe.

— Adelaide — disse-lhe — não cedas assim aos transportes de uma ventura que ainda se envolve nas sombras do porvir; porque o despertar te seria doloroso. Meu pai impôs-me dura condição, e eu submeti-me a ela. Meu Deus! Que posso eu fazer? Sabeis qual seja? Oh, é um custoso e amargo sacrifício, é um ano de separação arrastado no exílio! Este ano é um século de desesperação.

— Meu Deus! — exclamou minha pobre mãe com acento tão doloroso que me estalou o coração de mágoa. — É mais uma prova, Senhor, que me enviais!

— Meu filho — continuou — esta separação será talvez eterna!

***

Muitos dias não eram passados quando eu, em pé no meio do salão de meu pai, com os braços cruzados sobre o peito, que sentia partir-se de dor, observava em silêncio a agonia íntima dessas duas mulheres que na derradeira despedida semelhavam dolorosas estátuas de Níobe.

Adelaide reclinava-se nos braços de minha mãe, pálida como a açucena pendurada na corrente; e essa mulher cheia de bondade e de virtude esforçava-se por consolá-la de uma dor que só nela era real, mas que supunha igual na donzela que um dia seria minha esposa.

Com mágoa comparei então o semblante pálido e emagrecido dessa mulher de alma tão heroica e santa com o seu retrato, pendente de uma das paredes do salão, e gelei de pasmo e de angústia. O pintor havia aí traçado uma beleza de dezoito primaveras.

As madeixas de seus sedosos cabelos molduravam-lhe as faces brancas de neve, e as rosas eram tão débeis que tingiam-nas apenas de ligeira cor. Sua fronte altiva e nobre coroava uns olhos ternos e expressivos, e os lábios acarminados, onde pairava angélico sorriso, deixava meio perceber-se dois renques de alvíssimas pérolas.

E agora, demudada, macilenta e abatida pelos sofrimentos de tantos anos, era a duvidosa sombra da formosa donzela de outros tempos.

Esta separação forçada era, contudo, a maior dor que a havia torturado, porque um funesto pressentimento dizia-lhe que seria eterna!

E essa dor debuxava-se muda, porém viva e profunda, em seu rosto macilento e cheio de rugas.

Minha pobre mãe!...

E ao lado desse retrato estava outro — era o de meu pai. Sessenta anos de existência não lhe haviam alterado as feições secas e austeras, só o tempo começava a alvejar-lhe os cabelos, outrora negros como a noite.

Enquanto retraçava na mente agitada os desgostos de minha aflita mãe, entrou seu esposo. Notou-lhe o abatimento, viu as lágrimas de Adelaide, e seu rosto de leve se contraiu.

Tomei-lhe a mãe e beijei-a, e ele, voltando-se para a inconsolável esposa, com severa inflexão de voz e com aspecto colérico, perguntou-lhe:

— Senhora! Quando deixareis partir vosso filho?

Por toda a resposta, só lhe ouvi um gemido de profundo desânimo.

— Meu pai!... — exclamei sentido.

— Oh, meu filho — tornou-me ele com aquele sorriso que lhe é particular — é necessário que nem sempre se atenda às lágrimas das mulheres; porque é o seu choro tão tocante, que apesar de comove-nos, e a honra e o dever condenam a nossa comoção, e chamam-lhe fraqueza.

— Pois bem, meu pai, na hora em que saio a cumprir a vossa vontade, permiti que vos recomende zeloso o tesouro de minha futura felicidade, e a mãe desvelada, que minha alma adora.

Meu pai — continuei com voz queixosa — adoçai o amargor do meu exílio! Bem sabeis quanto me é penosa esta separação, que só um requinte de filial condescendência a ela me obrigou. Oh, fazei com que não saiba no lugar do desterro que minha pobre mãe verteu uma lágrima de aflita dor, longe do coração de seu filho, e que a desposada, que me concedestes, se conserva triste e pesarosa como ora a vedes. Oh, velai por ela, meu pai, e que ela se conserve digna da mão que lhe está destinada.

Então olhou-me, e seu olhar era sinistro: suportei-o, e sempre imóvel ante ele, aguardei uma resposta.

Mordeu os lábios, e com esforço disse-me:

— Descansa. Avia-te, avia-te.

— Úrsula, minha Úrsula — prosseguiu o cavaleiro reprimindo um doloroso gemido — beijei as faces mimosas de minha desposada, uni minha mãe contra o coração, mas não lhe disse um adeus, nem um gemido me arquejou no peito, porque aí havia dorido sofrer.

Ela deu-me um derradeiro olhar, tão terno, tão apaixonado, tão expressivo de mágoa íntima e de sincero reconhecimento, que as lágrimas que me gotejavam no coração por fim me ressaltaram nas faces, e prorrompi um copioso pranto.

Nesse olhar, em que lhe estava a alma, disse-me a infeliz seu derradeiro adeus.

7. Adelaide

AGORA — prosseguiu o mancebo, após alguns momentos de profundo silêncio — agora se não fôsseis vós, minha Úrsula, que de novo acabais de prender-me à vida, que me restaria sobre a terra?

No exílio, encerrado entre as paredes silenciosas da minha morada, aí eram comigo as saudades dum estremecido amor e as fagueiras esperanças de um porvir de afetos e ventura. Loucas esperanças eram essas! Não podia imaginar que sob as aparências de um anjo essa pérfida ocultava um coração traidor como o do assassino dos sertões.

Recebia constantemente cartas de minha mãe, em que me falava de Adelaide, animava-me no meu desterro e não dirigia queixas contra o seu marido.

As cartas deste eram sempre breves e frias.

Adelaide, que com frequência também escrevia-me a princípio, entrou a espaçar mais a correspondência, que era o alento da minha vida, era o que me fazia permanecer com alguma alma tão longe de entes caros.

Por último cessaram!

E eu chorava no exílio dores que ela havia esquecido — afetos que nunca lhe tinham pulsado no coração — esperanças e saudades que eram só minhas!

Com que lentidão espreguiçavam-se então os dias. Contava as horas, longas como séculos, tristes como as agonias do padecente.

Com o tempo o espírito cansado de tão apurado sofrimento reagiu sobre o físico, e caí perigosamente doente.

Prolongou-se a minha enfermidade apesar dos esforços dos médicos, e eles recearam pela minha vida, porém o amor e a esperança salvaram-me.

Recobrei finalmente a vida, e quando achei-me com forças para empreender viagens, pensei em rever o objeto de minha terna afeição; e não obstante não ter carta de meu pai, que me chamasse a receber a recompensa de meu sacrifício, dispus-me para a partida.

Mas... Deus eterno, como são ocultos os teus juízos! Uma ordem muito positiva do governo obrigou-me a renunciar ao meu projeto e tive de dirigir-me à comarca de ***, onde ia incumbido de uma comissão espinhosa e honrosa.

Enfraquecido pelos sofrimentos, contrariado, quase que desesperado, empreendi essa viagem, que fiz com tanta rapidez quanta me permitiram minhas forças, e alguns dias depois estava de volta. Levava no coração a imagem desse anjo idolatrado; mas uma mágoa estranha anuviava-me o coração, e eu não podia compreendê-la, e o absoluto e tétrico silêncio desse espaço, que percorria, mais aumentava esse sentir vago de indefinível melancolia.

E dei de rédeas ao animal com loucura e sem parar, porque sentia a necessidade do movimento; mas depois a aflição sempre crescente trazia-me o abatimento, e eu deixava o cavalo andar como lhe parecia.

O coração pressagiava males e não tinha energia para desvanecê-los.

***

Concluída essa penosa tarefa, ao entrar em minha casa, encontrei uma carta cuja letra era trêmula e mal traçada, cuja data era ainda anterior à minha enfermidade. Oh, Deus meu! Gelou-me de dor o sangue — essa carta era de minha mãe!

Escrevera-a às portas da eternidade, e cada uma de suas palavras era um queixume desanimado de dolorosa angústia. Não havia aí uma palavra que acusasse meu pai; mas compreendi logo que ele lhe cavara a sepultura.

Adelaide! Minha pobre mãe não me falava dela.

E, após essa, li sucessivamente uma carta de meu pai e outras de alguns amigos — minha desditosa mãe cessara de existir!

Ah, essa dor foi profunda, e tão aguda, que recaí e por muitos dias ignorei o que se passava em derredor de mim. Recuperei a saúde, alentado por meu amor. Adelaide estava no coração, e agora mais do que nunca seus afetos eram necessários à minha alma.

Ergui-me, pois, e de novo pus-me a caminho e quinze dias viajei, já pela ardentia do sol, já pela umidade da noite, sempre depressa, sem nunca descansar, animado pelo desejo de chegar e ver a minha Adelaide, único ente adorado que me restava sobre a terra! No cabo de quinze dias bati, à noite, à porta da casa onde nasci e onde morrera minha infeliz mãe!

A dor que eu sentira ao receber essas cartas fatais crescia e sufocava-me à proporção que me aproximava dessa casa, onde eu deixara minha desventurada mãe, pálida e desfeita e onde ia encontrar lutuoso silêncio: e o aspecto lúgubre do escravo, que vigiava à entrada, aumentou mais essa dor profunda.

Levantou-se apenas viu-me e falou-me com voz magoada; e depois, cruzando os braços sobre o peito, aguardou mudo por uma interrogação.

— Meu pai? — perguntei-lhe com voz trêmula e convulsa.

— Está fora, senhor — tornou-me tristemente.

— E Adelaide? Onde está ela?

— No salão — redarguiu o negro, no mesmo tom.

Entrei. Veloz como um raio atravessei corredores e salas, e num minuto estava no salão. Úrsula, minha Úrsula, eu a vi. Oh, antes não a houvera visto, antes tivera descido ao sepulcro, que lá não me seria revelada tão triste e nefanda história!

No salão havia um turbilhão de luzes; no fundo, reclinada em primoroso sofá, estava uma mulher de extremada beleza. Figurou-me um anjo. A esplendente claridade que iluminava esse salão dourado dando-lhe de chapa sobre a fronte larga e límpida circundava-a de voluptuoso encanto.

Era Adelaide.

Adornava-a um rico vestido de seda cor de pérolas, e no seio nu ondeava-lhe um precioso colar de brilhantes e pérolas, e os cabelos estavam enastrados de joias de não menor valor.

Distraída, no meio de tão opulento esplendor, afagava meigamente as penas de seu leque dourado.

Alucinado por beleza tão radiante, corri para ela, exclamando:

— Adelaide! Minha Adelaide!

E naquele momento, seduzido pelos seus encantos, louco pela ventura de vê-la, esqueci a mágoa, que me doía no coração, da perda de minha mãe. Estendi-lhe os braços, e as expressões morreram-me nos lábios; e depois curvando-me ante ela, ia tomar-lhe as mãos e beijá-las com efusão, mas ela, então altiva e desdenhosa, disse-me com frieza que me gelou de neve.

— Tancredo, respeitai a esposa de vosso pai!

Oh, não sei como não enlouqueci! Em trevas de desesperação tornou-me a luz dos olhos, e todo o salão parecia ondular sob meus pés. A mulher que tinha ante meus olhos era um fantasma terrível, era um demônio de traições, que na mente abrasada de desesperação figurava-me sorrindo para mim com insultuoso escárnio. Parecia horrível, desferindo chamas dos olhos, e que me cercava e dava estrepitosas gargalhadas. Erguia-se para mim ameaçadora, e abraçava e beijava outro ente de aspecto também medonho; ambos, no meio de orgia infernal, cercavam-me e não me deixavam partir.

Se durou muito este fatal pesadelo, não o posso dizer. Quando acordei, debatia-me no tapete aos pés dessa mulher orgulhosa.

Dissiparam-se as trevas, a luz volveu-me e com ela apagaram-se as ondas de fogo que rodeavam essa pérfida criatura. Encarei-a de face — estava impassível e fria como a estátua do desengano.

Levantei-me cheio de desesperação e ódio.

Adelaide permanecia indiferente.

— Mulher infame! — disse-lhe — Perjura... Onde estão os teus votos? É assim que retribuíste a estremecida paixão que te rendi? É com um requinte de vil e vergonhosa traição que compensaste o ardente afeto de minha alma? Compreendeste ou sondaste já o profundo abismo de infame execração, e de baixa degradação, em que te despenhaste?

— Silêncio, senhor! — bradou-me com orgulho e desdém. — Silêncio, estais na presença da mulher de vosso pai, e respeitai-a.

— Não, não me hei de calar — redargui furioso — não me pode esmagar o teu desdenhoso acento. Monstro, demônio, mulher fementida, restitui-me minha pobre mãe, essa que também foi tua mãe, que agasalhou no seio a áspide que havia mordê-la. Oh, dívida é esta que jamais me poderás pagar; mas a Deus, ao inferno, a pagarás sem dúvida. Foi essa a gratidão com que lhe compensaste os desvelos de que te cercou na infância, a generosidade com que te amou?!

Estava louco de aflição, e a voz faltou-me; porque o que eu sentia era demais para as minhas forças. Torcia as mãos de desesperação; porque o acordar de minhas loucas esperanças era amargo e doloroso.

E de repente um sorriso, que me pareceu infernal, errou-lhe nos lábios — era seu esposo, que grave e silencioso atravessava o salão, e ela julgava-se isenta de minhas recriminações e sentia-se livre de desagradáveis lembranças.

Olhei, e vi-o. Velava-lhe o rosto palidez mortal.

E cambiamos longo, amargo e expressivo olhar: creio que foi um século de torturas para meu pai, porque depois ele cravou os olhos no chão, e respirava a custo.

— Senhor! — exclamei fora de mim. — Restitui-me duas mulheres, que vos recomendei na hora em que me desterrastes. Uma era a mãe querida que eu tanto amava; a outra era minha desposada, era a mulher que me havíeis cedido para a companheira dos meus dias. Onde estão elas?

Continuou mudo a fitar o tapete de seu vasto salão.

— Livrai-me, senhor, da presença deste homem! — exclamou Adelaide, agitada e convulsa.

— Que fizestes delas, senhor? Compreendo agora, o vosso silêncio assaz mo tem explicado. Sondastes o coração de uma, e sem dificuldade conhecestes que era vil e baixo, que o ouro a deslumbrava, a enlouquecia, a aviltava, e essa, que com tanta felicidade sacrificava ao luxo os afetos de seu coração, ou que com infame procedimento esquecia o amor desinteressado e puro do homem que sabia idolatrá-la, essa, roubando-a ao meu coração, levastes aos altares e fizestes a vossa esposa! Tivestes razão — ela não era digna do meu amor.

Meu pai fez-se lívido, e de raiva mordeu os beiços.

A outra — prossegui — a outra atormentastes, torturastes, conduzistes lentamente à sepultura. Seu crime? Oh, meu pai... Minha mãe era uma angélica mulher, e vós, implacável no vosso ódio, envenenastes-lhe a existência, a roubastes ao meu coração... Oh! Suas cinzas, senhor, clamam justiça contra os autores de seus últimos pesares, contra aqueles que riram sobre suas dores.

— Fazei-o retirar, senhor — de novo bradou a esposa, pálida e abatida.

— Tendes razão, senhora — disse-lhe. — Sentis que vos incomodo? Assim deve ser. Eu sou para vós o remorso vivo. Esperai, não será longo o tempo que gastarei aqui; porque também me incomoda a vossa presença; porque nesta casa respira-se um hálito pestilento; porque aqui enfim estais vós. Pouco me demorarei, só quero dizer-vos:

— Mulher odiosa, eu vos amaldiçoo! Por cada um dos transportes de ternura que outrora meu coração vos deu, tende um pungir agudo de profunda dor; e a dor, que me dilacera agora a alma, seja a partilha vossa na hora derradeira. Por cada uma só das lágrimas de minha mãe choreis um pranto amargo, mas árido como um campo pedregoso, doído como a desesperação de um amor traído. E nem uma mão, que vos enxugue o pranto, e nem uma voz meiga, que vos suavize a dor de todos os momentos. O fel de um profundo, mas irremediável remorso, vos envenene o futuro e o desejado prazer, e no meio da opulência e do luxo, firam-vos sem tréguas os insultos de impiedosa sorte. Arfe vosso peito, e estale por magoados suspiros, e ninguém os escute; e sobre esse sofrimento terrível cuspam os homens, e riam-se de vós.

A voz de todo se me extinguiu, e eu saí louco de desesperação e de dor da casa de meus pais, da casa onde tão leda se passou a minha primeira idade!

Após um momento de silêncio, o cavaleiro disse à filha de Luiza B.: — Eis, Úrsula, a fiel narração da minha vida, eis os meus primeiros amores; o resto toca-vos. Fazei-me venturoso. Oh! Em vossas mãos está a minha sorte.

A donzela, comovida, não pôde falar e estendeu-lhe a mão, que ele beijou com amor e reconhecimento.

8. LUIZA B.

O DIA IA JÁ ALTO QUANDO Úrsula entrou no quarto de sua mãe, e esta, admirada de não vê-la logo ao amanhecer, como de costume, começava a inquietar-se, e por isso estendeu-lhe os braços com transporte de indizível satisfação e disse-lhe:

— Dormiste hoje muito, minha cara Úrsula, e eu julguei que me tinhas esquecido.

Suposto a voz da mãe de Úrsula nada tivesse de repreensiva, todavia Úrsula corou de envergonhada, e ao mesmo tempo o remorso lhe errou na alma.

— Deus meu! Perdoai-me — disse consigo, e correu com os braços abertos para abraçar sua carinhosa mãe, que lhe sorriu. — É verdade, minha mãe, demorei-me muito; mas haveis de desculpar-me. Achei-me incomodada durante a noite, e foi-me preciso respirar o ar fresco da manhã para restabelecer as forças.

— Ah, minha filha! — tornou a senhora B., querendo atrair Úrsula aos seus braços, a qual, afetada pelo primeiro remorso, receava algum tanto lançar-se nos braços maternos. — Vem abraçar-me, que tão ansiosa estava por ver-te!

Então a tímida menina, vencendo a sua perturbação, lançou-se com júbilo no seio de sua mãe, e soluços mal sufocados lhe rebentaram do peito.

Luiza B. mal podia compreendê-la, e olhava-a enternecida. Pouco e pouco convencida de que o seu penível estado era a única causa de tão sentido choro, que outro motivo não podia ela descobrir, procurou serenar a extremosa filha, chamando sua atenção para outro objeto, e disse-lhe:

— Enxuga, minha Úrsula, as tuas lágrimas, não vês que eu não choro? — e procurava sorrir-se, mas era um riso amargo, porque o coração não estava isento de dores.

— Minha filha — continuou afetando tranquilidade — o nosso hóspede intenta deixar-nos hoje: pediu que me queria ser apresentado, e eu te aguardava para fazer-lhe as honras desta pobre casa.

Úrsula levou o lenço ao rosto por um movimento rápido, Luiza julgou que ela procurava daí extinguir o vestígio das suas lágrimas, mas a donzela ocultava o rubor subitâneo que lhe tingia as faces, ouvindo sua mãe falar do homem que lhe ocupava a alma, e por disfarçar a sua comoção disse distraidamente:

— E o nosso Túlio, que também se vai?

— É verdade! — tornou a pobre paralítica. — E a nossa casa vai-se tornando cada vez mais isolada e mais triste!

Úrsula deixou descair os olhos para a terra e reprimiu magoado suspiro por amor de sua mãe.

E um profundo silêncio reinou no quarto da doente, porque cada uma dessas duas mulheres se abandonava a seus pensamentos. Luiza sem dúvida ocupava-se só do porvir de sua filha; esta, pelo contrário, recordava as doces expressões do cavaleiro, seus votos de amor, e sentia pesar por vê-lo partir. Contudo Úrsula tinha já uma esperança que lhe dava forças para arrostar as dores da vida: amava, e tinha a convicção de ser amada.

E ela meditava na breve mudança da sua vida, e sentia o coração palpitar com estranho desassossego.

Depois o silêncio foi interrompido pelo anúncio da chegada do mancebo.

— Ei-lo — disse a moça a sua mãe, que se tinha imergido em triste reflexões e não ouvira pronunciar o nome de seu hóspede — e levantou-se para ir ao seu encontro.

— Úrsula — exclamou a enferma como quem acordava de um pesado sono — aonde vais?

A moça compreendeu que sua mãe muito sofria, e com meiguice chegou-se a ela e disse-lhe:

— É o nosso hóspede, minha mãe.

— Ah! — exclamou então a infeliz senhora, caindo em si — sejais bem-vindo, senhor. Esperava por vós. — E o mancebo transpunha o liminar da porta.

— Perdoai a frieza desta recepção — continuou — sou uma pobre paralítica; mas a honra que me fazeis, e que aparentemente mal posso corresponder, ficará gravada profundamente em meu coração. Entrai, senhor.

E Úrsula, trêmula de pejo e de amor, guiava-o para o leito de sua mãe.

O mancebo ressentia-se ainda dos efeitos de uma longa enfermidade, e o seu rosto conservava mórbida palidez, que nessa hora sobressaía-lhe, aumentando a gravidade de seu porte em presença dessa mulher, que semelhava o próprio sofrimento.

E ele entrou, mas, ao aproximar-se do leito de Luiza B., uma comoção de pesar lhe feriu a alma. É que nesse esqueleto vivo, que a custo meneava os braços, o mancebo não podia descobrir sem grande custo os restos de uma penosa existência, que se finava lenta e dolorosamente.

Estremeceu de compaixão ao vê-la, porque em seu rosto estavam estampados os sofrimentos profundos, pungentes e inexprimíveis da sua alma. E os lábios lívidos e trêmulos, e a fronte pálida e descarnada, e os olhos negros e alquebrados diziam bem quanta dor, quanto sofrimento lhe retalhava o peito.

Luiza B. fora bela na sua mocidade, e ainda no fundo da sua enfermidade podia descobrir-se leves traços de uma passada formosura.

Úrsula herdara as doces feições de sua mãe. Então o mancebo contemplou-a com religioso respeito, e o que sentiu em presença desse leito de tão apuradas dores mal poderia dizer.

Semelhava um cadáver a quem o galvanismo emprestara movimento limitado às extremidades superiores, mirradas e pálidas, e brilho a uns olhos negros, mas encovados.

Venceu a sua perturbação, e chegando-se à mãe de Úrsula, estendeu--lhe a mão, que ela apertou com efusão, tanto quanto lhe permitiam suas débeis forças.

Essa mão era leal e generosa, e Luiza B. sentiu-se comovida, porque era a primeira pessoa que a visitava em sua triste morada e que, em face de sua enfermidade, a não desdenhava nem sentia repugnância da sua miséria e do seu penoso estado. E por isso disse com reconhecimento que tocou o mancebo.

— O céu vos proteja, senhor, porque sois generoso e bom. E quereis partir? — acrescentou com benevolência.

— Sim, senhora — tornou-lhe o cavaleiro com voz firme, mas magoada por aí lhe ficar parte do coração — o dever me chama. Acho-me restabelecido e não devo por mais tempo abusar da vossa bondade. Com desvelo e carinho, e sem que eu o merecesse, tendes me dado um novo existir, venho, pois, protestar-vos minha gratidão. Se algum dia — continuou depois de breve pausa — as vicissitudes da sorte vos obrigarem a recorrer a alguém, esse alguém seja eu, porque, senhora, jamais me esquecerei da franqueza e da bondade com que me acolhestes.

— Sim, senhor — redarguiu a enferma — creio em vós, porque sois generoso e bom: o fostes para com Túlio, sê-lo-eis também para comigo, mas...

E olhou para sua filha, que pálida e perturbada como a flor na ardentia da sesta, descaída a face nas mãos, estava à sua cabeceira, e suspendeu-se. Luiza B. queria dizer: eu nada peço para mim, nada mais que a sepultura, mas se sois cavaleiro, se tendes virtude na alma, protegei essa pobre órfã. Mas aquele homem era-lhe desconhecido, e a ideia de sua próxima morte ia despertar em Úrsula sentimentos dolorosos. A pobre mulher calou-se.

— Falai, minha querida senhora — apressou-se o mancebo em dizer, reparando nessa penosa reticência — falai, não sabeis que nutro satisfação em escutar-vos?

— Ah, senhor — exclamou Luiza B. reprimindo amarguradas lágrimas — sou tão desditosa que, falando de mim, só poderia dizer-vos coisas tão tristes e fastidiosas que vos cansaríeis de as ouvir.

— Pelo contrário — disse o mancebo — grande é o interesse que me inspirais: quaisquer que sejam as vossas desditas, e por mais longa que seja a narração delas, eu as escutarei e tomarei por elas todo o interesse.

— Sem dúvida, minha pobre Úrsula, tinhas razão quando, tocada pelo generoso proceder do nosso hospede, me falavas de suas bondades e de seus delicados pensamentos.

Então o mancebo inclinou-se para a donzela em sinal de gratidão, e viu-lhe pender dos olhos uma lágrima, que do fundo do coração lhe arrancava a saudade de tão forçada separação.

Essa lágrima transportou de amor ao jovem adorador da filha do deserto, e ele desejou bebê-la em um longo e ardente beijo, e seu coração jurou de novo que aquela mulher angélica seria a doce companheira da sua peregrinação na terra. E quando ela houver deixado de existir, acrescentava ele em seu sonhar delicioso, eu a seguirei na campa, e lá numa outra vida, onde tudo é amor, pureza e santidade, lá, redobrando de amor e de ternura, viveremos unidos para sempre.

E a senhora B., notando que seu hóspede estava comovido, e atribuindo ao exórdio da sua conversão a comoção do mancebo, apressou-se em dizer-lhe:

— Perdoai-me, senhor, uma pobre mulher enregelada pela doença e pela morte, que se lhe aproxima, deve falar com toda a franqueza, e ademais, a sensibilidade do meu coração ainda existe, e o céu permitiu-me simpatizar com as ações nobres e desinteressadas. Eu amei, senhor, o vosso procedimento.

— Obrigado, minha senhora — murmurou o mancebo, inclinando-se.

—Continuai, eu vos escuto.

— Há doze anos — começou Luiza B, suspirando aquele suspiro que vem do fundo da alma, não para comover a outrem e captar a sua atenção ou a sua bondade, e sim aquele suspiro que é o momentâneo, mas triste alívio de um sofrimento apurado e baldo de toda esperança. — Há doze anos que arrasto a custo esta penosa existência. Deus conhece o sacrifício que hei feito para preservá-la. Parece-vos isto incompreensível? — interrogou ela ao mancebo, que atento a escutava. — Sou mãe, senhor! Vede minha pobre filha! É um anjo de doçura e bondade, e abandoná-la, deixá-la só sobre este mundo que ela mal conhece, é a maior dor de quantas dores hei provado na vida. Sim, é a maior dor — continuou ela com amargo acento — porque então perderá o único apoio que ainda lhe resta! Ao menos se meu irmão pudesse esquecer o seu ódio e protegê-la...

— Vosso irmão, senhora? — interrogou o cavaleiro, como admirado de que um irmão pudesse odiar a sua irmã.

— Sim — tornou ela — meu irmão. Mas, senhor, ele é implacável no ódio, e nunca o esquecerá.

— Não é possível, senhora — objetou o cavaleiro — vosso irmão, quem quer que seja, não vos pode odiar. O vosso estado, e as desgraças que por certo têm pesado sobre vós, que ele talvez não ignore, lavarão toda a ofensa que porventura lhe houverdes feito.

— Lavarão, dizeis vós, todas as ofensas que lhe hei feito? Ah, pudera assim acontecer! Mas não, eu chamei seu ódio sobre minha cabeça, eu o conhecia: seu coração só se abriu uma vez, foi para o amor fraterno. Amou-me, amou-me muito, mas quando tive a infelicidade de incorrer no seu desagrado, todo esse amor tornou-se em ódio, implacável, terrível e vingativo.

Meu irmão jamais me poderá perdoar.

— Talvez! O tempo...

Luiza B. meneou tristemente os olhos e interrompeu o cavaleiro:

— Então, senhor, não conheceis o comendador F. de P***!...

— O comendador P***?! — exclamou o moço admirado. — É ele vosso irmão?

— Sim, senhor — tornou-lhe a mãe de Úrsula — e um desvelado irmão foi ele. Conhecei-lo talvez pela sua reputação de fereza de ânimo, mas esse homem tão implacável, como o vedes, era um terno e carinhoso irmão. Amou-me na infância com tanto extremo e carinho que o enobreciam aos olhos de meus pais, que o adoravam, e, depois que ambos caíram no sepulcro, ele continuou sua fraternal ternura para comigo. Mais tarde, um amor irresistível levou-me a desposar um homem que meu irmão no seu orgulho julgou inferior a nós pelo nascimento e pela fortuna. Chamava-se Paulo B...

Ah, senhor! — continuou a infeliz mulher: — Este desgraçado consórcio, que atraiu tão vivamente sobre os dois esposos a cólera de um irmão ofendido, fez toda a desgraça da minha vida. Paulo B. não soube compreender a grandeza de meu amor, cumulou-me de desgostos e de aflições domésticas, desrespeitou seus deveres conjugais e sacrificou minha fortuna em favor de suas loucas paixões. Não tivera eu uma filha, que jamais de meus lábios cairia sobre ele uma só queixa. Mas ele me perdoará do fundo do seu sepulcro, porque sua filha mais tarde foi o objeto de toda a sua ternura, e a dor de fracamente poder reabilitar sua casa em favor dela lhe consumia, e ocupava o tempo. E ele teria sido bom; sua regeneração tornar-se-ia completa, se o ferro do assassino lhe não tivesse cortado em meio à existência!

E uma lágrima pendeu dos olhos alquebrados da desditosa viúva.

— Assassinaram vosso marido, senhora? — interrompeu-a o hóspede, horrorizado.

— Assassinaram-no, sim — tornou Luiza B., com voz pausada.

— Oh, isso é horrível! E sabeis vós quem foi o seu assassino?

— Não, senhor. Ninguém, a não ser eu, sentiu a morte de meu esposo. A justiça adormeceu sobre o fato, e eu, pobre mulher, chorei a orfandade de minha filha, que apenas saía do berço, sem uma esperança, sem um arrimo, e alguns meses depois veio a paralisia — essa meia morte — roubar-me o movimento e tirar-me o gozo ao menos de seguir os primeiros passos desta menina, que o céu me confiou.

— Oh! — disse o cavaleiro comovido. — Quantas desgraças! E não tendes suspeita alguma de quem quer que fosse esse assassino que a justiça não procurou punir?

— Não sei — tornou ela com desânimo. — E para que pensar temerariamente, quando já me acho tão próxima do meu fim e tantas culpas tenho para com aquele que a todos nós há de julgar? Só Deus, senhor, deve conhecer o culpado e os remorsos tê-lo-ão punido.

Uma tarde, meu esposo deixou-me para ir à cidade de ***, donde voltaria ao cabo de três dias. Foi embalde que o esperei, porque a sua alma estava com Deus, e só ao amanhecer do outro dia dois homens compassivos trouxeram-me o seu cadáver! Ah, que triste recordação!

— E vosso irmão, senhora, não procurou consolar-vos?

— Meu irmão? — tornou ela sorrindo-se dolorosamente. — Esse comprou as dívidas do meu casal e estabeleceu-se na fazenda de Santa Cruz, outrora habitação de meus pais, onde eu passei os anos de minha juventude, onde nascera minha pobre Úrsula.

— Oh, minha mãe! — exclamou Úrsula com amargura. — Pelo céu não vos aflijais mais falando desse homem que tanto mal vos tem feito.

— Conhecei-lo, senhora? — perguntou-lhe o mancebo sorrindo com ternura para a animar.

— Não. Oh, que nunca o veja! — tornou-lhe a donzela, refugiando-se nos braços de sua mãe.

— Tens razão, minha cara Úrsula — disse a pobre mãe procurando ampará-la — grande mal nos tem ele feito.

— Sossegai, minhas queridas senhoras — objetou o mancebo. — Acaso ignorais que de hoje em diante velarei por vós? E o que mais podeis recear dele? Tem sobejamente saciado seu terrível rancor.

— Tendes razão, senhor — prosseguiu Luiza B. — Ele habita as nossas vizinhanças desde que morreu meu marido e jamais nos tem incomodado.

— O comendador habita estes arredores? — perguntou o cavaleiro.

— Sim, senhor, a fazenda de Santa Cruz está a meia légua de nós.

— E eu tenho-lhe tanto horror — disse Úrsula a tremer — que mal posso suportar a ideia de que estejamos sempre tão próximas dele. Parece-me que esse homem ainda me há de ser funesto. E algumas lágrimas lhe orvalharam as faces.

— Pelo céu, minha filha — disse a mãe, angustiada. — Essas lágrimas me matam. Não, eu quero ver-te risonha e feliz.

— Sim, feliz! — interrompeu o mancebo, tão comovido que tocou o coração de Luiza B. — Contai comigo, senhora, vossa filha há de ser feliz, prometo-o sob juramento.

— Vós!... — interrogou a pobre mãe, sem atinar verdadeiramente com o sentido destas palavras proferidas com tanto fogo.

E o jovem cavaleiro tornou-lhe:

— Sim, minha senhora, eu, porque amo-a; e como o meu amor não poderá jamais arrefecer, juro-vos em nome do céu, que nos escuta, que Úrsula será a mais venturosa de todas as mulheres, se anuirdes aos meus desejos.

Luiza B., reduzida à última miséria, e descobrindo nas maneiras de seu hóspede os sinais de um nascimento distinto, assim como o esplendor de uma próspera fortuna, julgou-se vivamente ofendida por aquelas palavras proferidas com tanto arrebatamento, e que aos seus ouvidos pareceram insultuosa ofensa; e ressentida, envergonhada, e quase que desesperada, abandonada já de forças, caiu quase que completamente desmaiada nos braços de Úrsula, que lhe bradava:

— Minha mãe! Minha mãe!

E o mancebo arrependeu-se de não se haver exprimido de outra maneira, e pediu ao céu um momento de vida para aquela infeliz mulher, cuja delicadeza involuntariamente ele acabava de ofender, para convencê-la da pureza dos seus sentimentos.

E Deus o escutou, porque aos esforços da donzela, ao acento de sua voz meiga e doce, a pobre mãe abriu os olhos e, fitando a filha com redobrado amor, lhe disse:

— Oh, minha Úrsula! Este homem...

— Puro é o seu amor, minha pobre mãe! — animou-se a dizer a moça, rubra de pejo. — É o esposo que meu coração tem escolhido.

— Ele? — perguntou-lhe angustiada a receosa mãe conchegando-se a si. — Ele? E sabes tu quem seja?

Então o jovem cavaleiro, erguendo-se com dignidade, exclamou:

— Senhora, eu sou Tancredo de ***

— Tancredo de ***! — exclamaram ao mesmo tempo mãe e filha; e depois um profundo silêncio reinou na câmara.

Então uma viva palidez tingiu as faces avermelhadas da pobre Úrsula, que na sua ingenuidade nunca tinha indagado do nobre cavaleiro o seu sobrenome. Sabia de seu nome, que era Tancredo, e esse lhe bastou; seu nascimento, sua posição social, não lhe lembraram ao menos. Ela amou o mancebo desconhecido, seu amor era, portanto, desinteressado, mas agora que um nome ilustre lhe soara aos ouvidos, agora que ela acabava de reconhecer no mancebo convalescente seu primo, de distinto nascimento, sua fronte curvou-se abatida, como a flor que, no arrebol da manhã, ostentando beleza e sedução, vai rastear na terra, quebrada a haste por furacão violento.

O mancebo, compreendendo então o que se passava na alma dessa menina tão casta e tão delicada como um anjo, tomou-lhe a mão, dizendo-lhe:

— Úrsula, eu sou incapaz de uma má ação. O mancebo, que junto ao bosque solitário, depois de consultar o vosso coração, vos jurou amor e fidelidade, e que tomou a Deus por testemunha de que seria vosso esposo, está agora de novo ante vós. Sou o mesmo, Úrsula. Olhai-me.

Então ela levantou os olhos, havia neles amor e confiança.

— Agora, senhora — continuou o mancebo dirigindo-se a Luiza B., que apenas ouvia-lhe a voz — agora não me negueis o único bem que ambiciono na vida. Senhora, eu amo a Úrsula, e fora preciso não conhecê-la para sair desta casa sem levá-la no pensamento e no coração. É Úrsula, senhora, o anjo dos meus sonhos, é a esperança de minha vida. Viver sem ela ora em diante fora morrer mil vezes, sem nunca encontrar o descanso da sepultura. Não ma negueis. Úrsula é a esposa que convém à minha alma, é a esposa que pede o meu coração. Sereis vós surda à minha súplica?

Entanto Luiza B., mais tranquila por aquelas palavras que francas e leais lhe pareciam, cobrando ligeira esperança, sem, contudo, poder vencer sua comoção, disse com voz fraca:

— Perdoai, senhor, se não tenho bastante confiança em vós. Bem vedes a que estado me vejo reduzida, e eu nunca aspirei a mão de um homem como vós para minha filha. Tancredo de ***, quem vos não conhece? Sois grande, sois rico, sois respeitado; e nós, senhor? Nós, que somos? Ah, vós não podeis desejar para vossa esposa a minha pobre Úrsula. Seu pai, senhor, era um pobre lavrador sem nome e sem fortuna.

O mancebo sorriu-se, e redarguiu-lhe:

— Então recusai-me a mão de vossa filha?

— Oh, senhor — tornou Luiza — minha filha é uma pobre órfã, que só tem a seu favor a inocência e a pureza de sua alma.

— Úrsula — disse o mancebo, voltando-se para a donzela — pelo amor do céu, fazei conhecer à vossa mãe a lealdade dos meus sentimentos.

Então a desvelada mãe, procurando ler no coração do jovem Tancredo e no de sua filha o sentimento que os animava, e elevando a Deus seu pensamento por alguns segundos, guardou silêncio, que ninguém usou interromper, e depois erguendo as mãos ambas ao céu, disse:

— Tomo-vos por testemunha, meu Deus, de que as minhas intenções são puras.

E acenando para os dois jovens, que a escutavam, disse-lhes:

— Aproximai-vos.

Então Úrsula ajoelhou aos pés do leito de sua mãe, e Tancredo, imitando-a, dobrou também os joelhos, e unidos assim, e cheios de respeito, de amor e de veneração, aguardaram um gesto ou uma palavra dessa mulher, a quem o amor materno tornava nessa hora tão radiante de celeste beleza.

E depois de uma breve pausa ela exclamou solenemente:

— Meus filhos, eu os abençoo em nome de Deus. Que ele escute a minha oração e os vossos dias corram risonhos e tranquilos sobre a terra.

E depois acrescentou: — Bendito seja o Senhor! Minha filha não será mais uma desditosa órfã!

9. A PRETA SUSANA

ESTAVAM JÁ FEITOS OS APRESTOS da viagem, e Túlio, entanto no meio da sua felicidade, parecia às vezes tocado por viva melancolia, que se lhe debuxava no rosto, onde uma lágrima recente havia deixado profundo sulco. Era por sem dúvida a saudade da separação, essa dor que aflige a todo o coração sensível, quem assim o consumia. Ia deixar a casa de sua senhora, onde senão ledos, pelo menos não muito amargos tinha ele passado seus primeiros anos. O negro sentia saudades.

E aí havia uma mulher escrava, e negra como ele, mas boa e compassiva, que lhe serviu de mãe enquanto lhe sorriu essa idade lisonjeira e feliz, única na vida do homem que se grava no coração com caracteres de amor — única, cuja recordação nos apraz.[1]

Susana, chama-se ela, trajava uma saia de grosseiro tecido de algodão preto, cuja orla chegava-lhe ao meio das pernas magras e descarnadas, como todo o seu corpo: na cabeça tinha cingido um lenço encarnado e amarelo, que mal lhe ocultava as alvíssimas cãs.

1 No original, consta uma linha incompleta neste parágrafo. A falha não prejudica a leitura. (N. do E.)

Túlio estava ante ela com os braços cruzados sobre o peito. Em seu semblante transparecia um quê de dor mal reprimida, que denunciava o seu profundo pesar.

A velha deixou o fuso em que fiava, ergueu-se sem olhá-lo, tomou o cachimbo, encheu-o de tabaco, acendeu-o, tirou dele algumas baforadas de fumo e de novo sentou-se — mas dessa vez não pegou no fuso.

Fitou então os olhos em Túlio, e disse-lhe:

— Aonde vais, Túlio?

— Acompanhar o senhor Tancredo de *** — respondeu o interpelado.

— Acompanhar o senhor Tancredo! — continuou a velha com acento repreensivo. — Sabes tu o que fazes? Túlio, Túlio!

Depois de pausa, ajuntou:

— Não sentes saudades desta casa, ingrato?

— Não, mãe Susana, não me alcunheis de ingrato. Quantas saudades levo eu de vós! Oh, só Deus sabe quanto me pesam elas!

— Tu!? — exclamou ela procurando ler-lhe no fundo do coração os sentimentos, que o animavam. — Tu não levas saudades algumas. Túlio, se as levasses, quem te obrigaria a deixar-nos?

— A gratidão — respondeu ele com presteza.

— A gratidão? E não a deves à senhora, que para ti tem sido quase que uma mãe? Não a deves à menina? E por que as deixas? É que não sentes saudades delas.

— Oh, sinto-as, sinto-as, e muitas, mãe Susana!

— Então não procures ir com esse homem, que apenas conheces! Olha, ainda há pouco vi uma lágrima pender dos olhos dessa boa menina; essa lágrima, creio que lhe arrancou do coração a notícia da tua partida... E tu vais-te! Quando voltarás aqui?

— A nossa separação, disse-me o senhor Tancredo, será por pouco tempo. Volto para junto de vós, mãe Susana, e a senhora não reclamará em vão os meus serviços.

— A senhora! — replicou a velha com mágoa. — Essa, meu filho, jamais reclamará os teus serviços; ou eu me engano, ou tu vais dizer-lhe o último adeus!

— Túlio — continuou — não sabes quanto sofro quando recordo-me de que a nossa querida menina vai tão breve ficar só no mundo! Só, Túlio! Quem a acompanhará? Quem poderá consolá-la! Eu? Não. Pouco poderei demorar-me neste mundo. Meu filho, acho bom que não te vás. Que te adianta trocares um cativeiro por outro! E sabes tu se aí o encontrarás melhor? Olha, chamar-te-ão, talvez, ingrato, e eu não terei uma palavra para defender-te.

— Oh, quanto a isso não, mãe Susana — tornou Túlio — a senhora Luiza B. foi para mim boa e carinhosa, o céu lhe pague o bem que me fez, que eu nunca me esquecerei de que poupou-me os mais acerbos desgostos da escravidão, mas quanto ao jovem cavaleiro, é bem diverso o meu sentir, sim, bem diverso. Não troco cativeiro por cativeiro, oh, não! Troco escravidão por liberdade, por ampla liberdade! Veja, mãe Susana, se deve ter limites a minha gratidão: veja se devo ou não acompanhá-lo, se devo ou não provar-lhe até a morte o meu reconhecimento!

— Tu! Tu, livre? Ah, não me iludas! — exclamou a velha africana abrindo uns grandes olhos. Meu filho, tu és já livre?...

— Iludi-la! — respondeu ele, rindo-se de felicidade. — E para quê? Mãe Susana, graças à generosa alma deste mancebo, sou hoje livre, livre como o pássaro, como as águas; livre como o éreis na vossa pátria.

Estas últimas palavras despertaram no coração da velha escrava uma recordação dolorosa; soltou um gemido magoado, curvou a fronte para a terra, e com ambas as mãos cobriu os olhos.

Túlio olhou-a com interesse; começava a compreender-lhe os pensamentos.

— Não se aflija — disse. — Para que essas lágrimas? Ah, perdoe-me. Eu despertei-lhe uma ideia bem triste!

A africana limpou o rosto com as mãos, e um momento depois exclamou:

— Sim, para que estas lágrimas?... Dizes bem! Elas são inúteis, meu Deus, mas é um tributo de saudade, que não posso deixar de render a tudo quanto me foi caro! Liberdade! Liberdade... Ali eu a gozei na minha mocidade! — continuou Susana com amargura. — Túlio, meu filho, ninguém a gozou mais ampla, não houve mulher alguma mais ditosa do que eu. Tranquila no seio da felicidade, via despontar o sol rutilante e ardente do meu país, e louca de prazer a essa hora matinal, em que tudo aí respira amor, eu corria as descarnadas e arenosas praias, e aí com minhas jovens companheiras, brincando alegres, com o sorriso nos lábios, a paz no coração, divagávamos em busca das mil conchinhas que bordam as brancas areias daquelas vastas praias. Ah, meu filho! Mais tarde deram-me em matrimônio a um homem, que amei como a luz dos meus olhos, e como penhor dessa união veio uma filha querida, em quem me revia, em quem tinha depositado todo o amor da minha alma — uma filha que era minha vida, as minhas ambições, a minha suprema ventura, veio selar a nossa tão santa união. E esse país de minhas afeições, e esse esposo querido, e essa filha tão extremamente amada, ah, Túlio! Tudo me obrigaram os bárbaros a deixar! Oh, tudo, tudo, até a própria liberdade!

Estava extenuada de aflição, a dor era-lhe viva, e assoberbava-lhe o coração.

— Ah, pelo céu! — exclamou o jovem negro enternecido. — Sim, pelo céu, para que essas recordações?

— Não matam, meu filho. Se matassem, há muito que morrera, pois vivem comigo todas as horas.

Vou contar-te o meu cativeiro.

Tinha chegado o tempo da colheita, e o milho e o inhame e o amendoim eram em abundância nas nossas roças. Era um destes dias em que a natureza parece entregar-se toda a brandos folgares, era uma manhã risonha, e bela, como o rosto de um infante, entretanto eu tinha um peso enorme no coração. Sim, eu estava triste, e não sabia a que atribuir minha tristeza. Era a primeira vez que me afligia tão incompreensível pesar. Minha filha sorria-se para mim, era ela gentilzinha, e em sua inocência semelhava um anjo. Desgraçada de mim! Deixei-a nos braços de minha mãe e fui-me à roça colher milho. Ah, nunca mais devia eu vê-la.

Ainda não tinha vencido cem braças do caminho quando um assobio, que repercutiu nas matas, me veio orientar acerca do perigo iminente que aí me aguardava. E logo dois homens apareceram e amarraram-me com cordas. Era uma prisioneira — era uma escrava! Foi embalde que supliquei em nome de minha filha que me restituíssem a liberdade: os bárbaros sorriam-se das minhas lágrimas e olhavam-me sem compaixão. Julguei enlouquecer, julguei morrer, mas não me foi possível... A sorte me reservava ainda longos combates. Quando me arrancaram daqueles lugares, onde tudo me ficava — pátria, esposo, mãe e filha, e liberdade! Meu Deus, o que se passou no fundo da minha alma só vós o pudestes avaliar!...

Meteram-me a mim e a mais trezentos companheiros de infortúnio e de cativeiro no estreito e infecto porão de um navio. Trinta dias de cruéis tormentos, e de falta absoluta de tudo quanto é mais necessário à vida passamos nessa sepultura, até que abordamos às praias brasileiras. Para caber a mercadoria humana no porão, fomos amarrados em pé e, para que não houvesse receio de revolta, acorrentados como os animais ferozes das nossas matas, que se levam para recreio dos potentados da Europa: davam-nos a água imunda, podre e dada com mesquinhez, a comida má e ainda mais porca; vimos morrer ao nosso lado muitos companheiros à falta de ar, de alimento e de água. É horrível lembrar que criaturas humanas tratem a seus semelhantes assim, e que não lhes doa a consciência de levá-los à sepultura asfixiados e famintos!

Muitos não deixavam chegar esse último extremo — davam-se à morte.

Nos dois últimos dias não houve mais alimento. Os mais insofridos entraram a vozear. Grande Deus! Da escotilha lançaram sobre nós água e breu fervendo, que escaldou-nos e veio dar a morte aos cabeças do motim.

A dor da perda da pátria, dos entes caros, da liberdade, fora sufocada nessa viagem pelo horror constante de tamanhas atrocidades.

Não sei ainda como resisti — é que Deus quis poupar-me para provar a paciência de sua serva com novos tormentos que aqui me aguardavam.

O comendador P. foi o senhor que me escolheu. Coração de tigre é o seu! Gelei de horror ao aspecto de meus irmãos... os tratos por que passaram doeram-me até o fundo do coração. O comendador P. derramava sem se horrorizar o sangue dos desgraçados negros por uma leve negligência, por uma obrigação mais tibiamente cumprida, por falta de inteligência! E eu sofri com resignação todos os tratos que se dava a meus irmãos, e tão rigorosos como os que eles sentiam. E eu também os sofri, como eles, e muitas vezes com a mais cruel injustiça.

Pouco tempo depois casou-se a senhora Luiza B., e ainda a mesma sorte: seu marido era um homem mau, e eu suportei em silêncio o peso do seu rigor.

E ela chorava, porque doía-lhe na alma a dureza de seu esposo para com os míseros escravos, mas ele via-os expirar debaixo dos açoites os mais cruéis, das torturas do anjinho, do cepo e outros instrumentos de sua malvadeza ou então nas prisões onde os sepultava vivos, onde carregados de ferros, como malévolos assassinos acabavam a existência, amaldiçoando a escravidão; e quantas vezes aos mesmos céus!

O senhor Paulo B. morreu, e sua esposa e sua filha procuraram em sua extrema bondade fazer-nos esquecer nossas passadas desditas! Túlio, meu filho, eu as amo de todo o coração, e lhes agradeço, mas a dor que tenho no coração só a morte poderá apagar! Meu marido, minha filha, minha terra... minha liberdade...

E depois ela calou-se, e as lágrimas, que lhe banhavam o rosto rugoso, gotejaram na terra.

Túlio ajoelhou-se respeitoso ante tão profundo sentir — tomou as mãos secas e enrugadas da africana, e nelas depositou um beijo.

A velha sentiu-o, e duas lágrimas de sincero enternecimento desceram-lhe pela face — ergueu então seus olhos vermelhos de pranto, e arrancou a mão com brandura. E, elevando-a sobre a cabeça do jovem negro, disse-lhe tocada de gratidão:

— Vai, meu filho. Que o Senhor guie os teus passos e te abençoe, como eu te abençoo.

10. A MATA

ÚRSULA, NO ENTANTO, NO MEIO da acerba amargura da saudade sentia um inefável transporte de amor e era feliz — seu amor ardente e apaixonado fora compreendido, sem que por seus atos o desse a perceber ao homem que o merecera. Ambos esses corações sentiram ao mesmo tempo desabrochar-lhes a centelha do amor, que os abrasou. A saudade pungente da donzela tinha, pois, um lenitivo — a esperança, esse dom do céu que nos acompanha em todas as circunstâncias da vida.

Tancredo, esse homem de suas loucas afeições, e que ela tinha amado ainda desconhecido, era toda a sua vida; e por isso a saudade, a mais pungente, a primeira que lhe tocava a alma, envenenava agora essa fonte de prazer inocente, esse manancial de venturas, que aí havia feito nascer a chama de um primeiro e ardente amor.

Nunca tinha amado — na sua solidão seu coração era tão puro como o de um anjo; foi esse o primeiro choque que lhe abalou a alma, e a saudade devia corresponder à grandeza desse sentimento. Chorava, pois, porque ia ver partir o objeto de suas mais caras afeições, mas no momento da partida fez um supremo esforço sobre sua aflição e estendeu a mão ao mancebo, que a beijou com enlevo, e perguntou-lhe com magoado acento, que bem revelava o pungir do seu coração:

— Tancredo, quando vos tornarei a ver?

O mancebo, comovido por tanto amor, amor que era ternamente correspondido, amor que ele embalde tinha procurado na primeira mulher que amou, sorriu-lhe com reconhecimento e tornou-lhe com afeto.

— Lembrai-vos, Úrsula, que vos levo no coração, que seguir-me-á a vossa imagem, que hei de ver-vos em todos os objetos que me circundarem, que deixo minha alma e meu coração, todo o meu prazer, minha felicidade presente, o esquecimento de um passado amargo, as esperanças de um porvir deleitoso e cobiçado — lembrai-vos disto, e acreditai que breve estarei convosco. Contarei os dias da ausência pelo pungir de minhas saudades, e por breves que eles sejam achá-los-ei por demais longos. Longínquo é ainda o caminho que tenho a percorrer, mas a lembrança de que um anjo me aguarda com amor, e que esse anjo sois vós, dar-me-á asas, e estarei convosco daqui a meio mês. Então — acrescentou com um acento inexprimível — então, serei para sempre vosso!

E Úrsula sentia-se inquieta, como se um perigo iminente estivesse a ameaçá-la.

O cavaleiro enfim partiu, e ela nada disse; e só um soluço doído, como o de quem geme de um pesar profundo, lhe rebentou do peito.

Tancredo transpusera já grande espaço, e Úrsula ainda não mudara seus olhos umedecidos de sobre ele, e o mancebo prosseguia rápido, até que uma ilhota de verdura o encobriu à vista da saudosa donzela. Então deixou o lugar dessa tocante despedida e, como desejosa de confiar a alguém a dor das suas saudades, foi correndo à mata, onde tinha ouvido dos lábios dele a confissão sincera do seu amor, e logo para aí dirigiu os passos, penetrou a mata, e lá, junto ao tronco secular, começou a derramar sentidas lágrimas. O sol, segundo sua marcha inalterável, dardejava na terra seus últimos e enfraquecidos raios, insinuando luminosos resplendores por entre as franças do arvoredo da mata solitária.

E Úrsula soluçava com lembrança da partida de seu jovem adorador quando ao longe julgou ver dois pontos fugitivos. Era Tancredo, era Túlio, ela os reconheceu, ou melhor, o seu coração reconheceu o primeiro; e ela, louca de um afeto que lhe requeimava o peito, estendeu-lhe os braços com delírio e com voz sufocada de novo lhe enviou seus ternos protestos. Mas ele ia já muito avançado para ouvir-lhe essa voz saída do coração.

A donzela então saiu da mata, porque lembrou-se de sua mãe, e volveu para ela; mas no dia imediato, à mesma hora do crepúsculo, voltou à mata, e imergida em sua meditação, às vezes esquecia-se de si própria para só pensar no seu Tancredo. Soltando as asas à sua ardente imaginação, seguia-o na sua divagação, escutava-lhe a voz no rumorejar do vento, via-o no meio da solidão e afagava-o com seus meigos transportes nesses lugares onde só estavam ela e Deus. E depois de longo e profundo cismar, muitas vezes punha-se a entalhar na árvore, testemunha de sua primeira ventura, o nome querido de Tancredo, tão doce aos seus ouvidos. Com tanto esmero procurou entalhá-lo esse dia, que completamente absorvida nesse empenho se esquecera do mundo inteiro. E o nome enfim estava completo, e ela pôs-se a soletrá-lo com um enlevo próprio da sua idade, e que só as almas apaixonadas podem compreender, quando o som desagradável e medonho de um tiro de arcabuz, disparado bem junto dela, a veio arrancar a esse recreio do espírito e a fez estremecer convulsa e dar um grito involuntário. Espavorida, e meio morta de terror, ia ela alevantar-se quando uma avezinha, uma infeliz perdiz, como que implorando-lhe socorro, veio, ferida e agonizante, cair-lhe aos pés. Movida de compaixão, desvaneceu-se-lhe por encanto o pavor que o som do tiro lhe incutira na alma, e tomando a pobrezinha em suas mãos, por excesso de bondade levou-a ao peito. Um rastro de sangue lhe nodoou os vestidos alvíssimos de neve.

Nesse momento, a desgraçada perdiz exalou o derradeiro suspiro — a moça deixou-a cair das mãos, levou estas aos olhos, e exclamou:

— Jesus! Meu Deus!

É que mudo, e contemplativo, junto dela estava um homem. Os olhos, tinha-nos ele fixos sobre a donzela amedrontada — dir-se-ia a estátua do pasmo, ou da admiração.

E Úrsula e esse homem por alguns momentos guardaram profundo silêncio; nela motivavam-no a surpresa, o terror, o desgosto que lhe causavam a fisionomia desse homem de tão sinistro olhar; nele, a deleitável contemplação desse rosto feminil de tão pura e ideal beleza.

E assim permaneceram, ela a recobrar coragem para escapar a esse desconhecido que a incomodava; ele a contemplar-lhe as negras tranças molemente reclinadas sobre uns ombros de marfim, as mãos diáfanas e mimosas que lhe velavam o rosto, que divisava ser belo, como o rosto angélico de um querubim.

Por fim a moça desembaraçou de entre as mãos as faces cândidas e aveludadas e olhou em cheio com horror e com desdém para o seu mudo companheiro. Assim, desdenhoso esse rosto, que ainda tão vivamente se ressentia das comoções por que havia passado o coração, era ainda mil vezes mais belo.

E esse olhar tão expressivo, o desconhecido sentiu que queria dizer-lhe:

— Ide-vos!

Ele embalde tentou obedecer a essa ordem muda de um ente tão divino, qual jamais havia visto; mas quem sabe se o coração lho permitia?

Estranho foi o que se passou então em sua alma, e ele sentiu que alguma coisa lhe abalava o fundo do peito; gemeu de um primeiro afeto, e curvou-se ao ímpeto de uma paixão insensata.

E o instrumento mortífero estava-lhe nas mãos, e ele o não via, porque seus olhos estavam fitos sobre a encantadora donzela; mas ela o viu, estremeceu, e um novo grito lhe prorrompeu dos lábios.

Úrsula ia fugir.

— Em nome de vossa mãe — exclamou o caçador, tolhendo-lhe os passos — não fujais, Úrsula!

A esta expressão a filha de Luiza B. fitou-o com curiosidade: este homem tão estranho conhecia-a sem dúvida, e ela nunca o tinha visto! Chamou-a pelo seu nome, suplicou-a em nome de sua mãe!... Quem era ele, pois?

Ele compreendeu tudo, e por um instante a perturbação da sua alma transpirou-lhe no rosto alguma coisa alterado. Depois, arremessou com desprezo para longe de si o arcabuz, que amedrontava a moça, e voltou para ela os olhos, como querendo dizer-lhe:

— Tranquilizai-vos!

Com efeito, esta ação de delicada civilidade um pouco a reanimou, e quase envergonhada de ter patenteado tão feminil fraqueza de ânimo, procurou reassumir alguma coragem, e erguendo a fronte, encarou o desconhecido com uma frieza que o perturbou.

Ele tentou falar, mas os olhos dessa menina lhe impuseram respeitoso silêncio.

Esse homem não estava no verdor dos anos, mas sua fisionomia, suposto que severa e pouco simpática nessa hora crepuscular, que dá certa sombra a toda a natureza, não denunciava a sua idade. A pele sem rugas e os olhos negros e cintilantes tinham um quê de belo, mas que não atraía. Era de estatura acima da medíocre, esbelto e bem conformado, e as feições finas davam-lhe um ar aristocrático, que, quando não atrai, sempre agrada.

Malgrado seu Úrsula começou a sentir-se oprimida pelo olhar do desconhecido, a quem o seu deixava já de dominar, e caiu de novo sobre o assento entalhado no tronco. Era como se esse homem a tivesse magnetizado. A sua vista causava repugnância, queria escapar-lhe, mas as forças abandonavam-na e seus belos olhos cor de ébano estavam sobre ele fixos.

O terror, a desconfiança, a inquietação pintavam-se no rosto pálido e aflito, no olhar fixo e pasmado dessa pobre moça.

— Meu Deus! — dizia ela, consigo. — Quem será este homem e o que quer ele de mim?

Diversos eram os pensamentos do caçador.

Uma chama ativa lhe abrasava a alma, talvez a primeira que assim o requeimava, e bem ardente devia ser ela, porque ele sentia no peito ondear-lhe, e ferver em caixões o violento fogo de uma cratera. Ainda assim, mal lhe traía no rosto o que lhe ia lá na alma. Ele deu um passo para a donzela, e ela de pronto ergueu-se, trêmula de angústia e de terror, e bradou com ânsia:

— Oh, quem quer que sejais, senhor, que me quereis? Segui o vosso caminho, e deixai-me sossegada e tranquila.

— Meu Deus, senhora! — exclamou ele. — Não vos compreendo. Em que vos posso incomodar?

— Acabai, senhor — continuou ela — esta penosa entrevista. A vossa presença não só incomoda-me, como me causa susto.

— Deveras? — interrompeu o desconhecido. — Úrsula, por que vos causa susto a minha presença, que mal vos hei eu feito? Acaso me conheceis?

— Senhor — tornou ela com voz súplice — não me vedes a saída desta mata, necessito voltar para junto de minha mãe.

— De vossa mãe! — inquiriu o caçador com emoção. — E não foi em nome dela que acabo de suplicar-vos que não me fugísseis? Úrsula, talvez me perdoásseis essa desagradável impressão, que à primeira vista tive a infelicidade de causar-vos, se soubésseis quem sou, e o quanto hei sido amigo de vossa mãe. De vossa mãe — repetiu ele com voz um pouco alterada. — Luiza! Luiza! Quanto os anos a terão desfeito! Não sereis também minha amiga quando me conhecerdes?

— Eu! — exclamou a moça com ingenuidade. — Eu, senhor! E por quê? Minha infeliz mãe vergou sob a influência de uma sorte adversa, gemeu até hoje as dores de uma penosa enfermidade, chorou com amargura uma viuvez prematura e a orfandade de sua filha, e nunca um amigo generoso, ou uma alma sensível, nunca, senhor, enxugou-lhe a lágrima ardente, que lhe queimava as faces. Nunca Luiza B. teve amigos. Zombais, ou faltais à verdade.

— Úrsula — tornou ele — que prevenção é essa? Úrsula, vós me odiais.

— Não, mas não vos creio. E demais, para que me demorais? Sede breve, dizei o vosso intento, que quero partir.

E seus olhos, descaindo para o chão, encontraram a ave morta, que lhe caíra aos pés, e os seus vestidos nodoados daquele sangue inocente. Estremeceu involuntariamente, e contrariada pela obstinação daquele homem de tão sinistro aspecto, disse-lhe com certo tom de desespero:

— Sim, tínheis razão quando dissestes que eu vos odiava. Sois obstinado em incomodar-me; sabei, pois, que me é insuportável a vossa presença. Vedes esta avezinha? Para que a matastes? Não era ela tão inocente e bela? A dor do seu coração feriu o meu, e o seu sangue tingiu-me os vestidos. Esse ato de inútil crueldade faz-me aborrecer-vos.

— Senhora! — retrucou ele. — Que infelicidade incorrer no vosso desagrado! Mas...

— Mas, senhor — interrompeu ela impacientando-se — que pretendeis?

— São loucas as minhas pretensões, senhora, sim, loucas; porque se me animasse a confiar-vo-las, o vosso desprezo ia talvez esmagar-me. Permiti que me conserve em silêncio, que nada tem ele de ofensivo para vós.

— Pois bem — disse ela — guardai-o muito embora, mas deixe-me em nome do céu.

— Deixar-vos? Oh, não, mil vezes não! E cedendo a um excesso de apaixonada loucura, ou de amoroso delírio, curvou-se ante Úrsula, pálida de aflitiva angústia e de antipático horror.

— Úrsula! Úrsula — continuou com acento arrebatado. — Oh, não me desdenheis, não me acabrunheis e desespereis com o vosso rancor. Se me amardes, no meu amor encontrareis a felicidade, porque agora sou vosso escravo. Nunca o tereis mais humilde, mais dócil, acreditai-me. Nunca amei, e julguei mesmo — louco que eu era! — julguei no meu orgulho estúpido que nunca amaria mulher alguma. Destruístes a minha ilusão. Vi-vos, e um amor apaixonado, como um filtro venenoso, se me derramou na alma. Nunca supliquei, e agora eis-me súplice, humilhado na vossa presença — na presença de uma menina!

Úrsula — continuou — oh, pelo céu, acreditai-me! Amo-vos. Apenas há um momento que vos conheço e parece que há um século que vos idolatro. É ardente e violento o afeto que nutro no peito. Menos puro fora ele, que, imenso como acabo de confessá-lo, saciá-lo-ia sem dificuldade. Meus escravos não estarão longe, muitos deles seguiram-me à caça: chamá-los-ia, e vós seríeis conduzida em seus braços, apesar dos vossos gritos, e do vosso desespero, até minha casa, onde seríeis minha, sem terdes o nome de esposa.

Não é isto verdade?

Mas não. O amor que ora desenvolvestes em meu coração é tão ardente, quanto respeitoso. Nasceu agora, mas tanto já influiu sobre mim, que é humilhado que vos peço que o não desdenheis.

Se pudésseis sentir, compreender somente, o que ora se passa em mim... mas sois inflexível! Úrsula, quando voltardes aos vossos lares, quando, descansada em vosso quarto, recordardes esta cena da mata, não zombeis do homem que vos fala, porque este amor, que me escalda o coração, há de durar enquanto eu existir.

Úrsula, tímida e angustiada, ouvira todo este discurso sem interrompê-lo, mas o coração lhe estava gelado de aflição.

— Senhor — disse ela com voz trêmula e titubeante — acabastes?

— Aguardo por uma palavra vossa — tornou o desconhecido, fitando nela um olhar inexprimível.

— Uma palavra?! Aguardais uma palavra minha? Pois bem! Abusastes por demais da minha fraqueza. Estou só, o lugar é ermo, tudo vos protege e vos anima. Se fôsseis mais cavalheiro, seríeis comedido em expressões, que sempre foram tidas por ofensivas quando ditas por estranhos, e nunca chegaríeis a uma impertinência tão desagradável.

E com dignidade e serenada acrescentou:

— Senhor, eu devo voltar para minha casa.

O caçador tomou-lhe das mãos e disse-lhe:

— Ao menos dizei que não me odiais!

— Sim — tornou a moça, procurando desprender-se das mãos — sim, não vos odeio, mas deixai-me em paz.

— Em nome de vossa mãe, Úrsula, imploro-vos....

— O que, senhor?

— Uma só palavra, que me anime.

— Oh! Não, nunca! — replicou ela com enérgica viveza. E depois, interrogando-o com o olhar, tratou de empregar pela primeira vez a dissimulação, e ajuntou:

— Afirmastes ser amigo de minha mãe, não o acreditei; falais-me de um amor, que a meu pesar em vós despertei, e quereis que o corresponda. Tenho-me até agora negado a semelhante compromisso, mas tudo isso pode modificar-se, se eu puder conhecer-vos, se for permitido agora saber quem sois. O vosso nome?

— O meu nome! — exclamou tristemente o caçador, deixando cair as mãos da moça. — Se o conhecêsseis!... Não, Úrsula, eu quero ser amado, ainda mesmo desconhecido.

E um assomo de dor e uma onda de frenética raiva baralharam-se na alma do desconhecido, e marulhadas, e ferventes, vieram refletir-lhe no rosto. E as feições tomaram expressão difícil de descrever: os lábios agitaram-se convulsos, os olhos faiscaram fulvo brilho, que se extinguiu em breve. Um doloroso abatimento, que denunciava talvez a recordação penosa e amarga de algum acontecimento anterior, lhe empalideceu o rosto. Ele suspirou, e de novo objetou:

— O meu nome, Úrsula, mais tarde o sabereis! Agora ide-vos!

Rogai ao céu — acrescentou — meiga e inocente donzela, rogai ao céu para que vos possa esquecer, porque se o meu amor prosseguir assim, extremoso, indomável, apaixonado, haveis de ser minha, porque ninguém me desdenha impunemente. Ouvis? — disse em tom de ameaça, e depois em meia súplica ajuntou: — Oh! por Deus, não troqueis a ventura pela dor, e quem sabe pelo...

Esta ameaça horrível, dita com voz alterada, e em tais horas, eriçaram os cabelos da moça, que ficou pálida e queda de horror.

— Ide — concluiu ele.

E ela, toda agitada e confusa, deixou a mata, prometendo a si mesma não voltar jamais àquele lugar.

E o caçador, seguindo-a com os olhos e com o coração, quando a moça desapareceu numa volta do caminho, com olhos arrasados de lágrimas, disse:

— Mulher! Anjo ou demônio! Tu, a filha de minha irmã! Úrsula, para que te vi eu? Mulher, para que te amei? Muito ódio tive ao homem que foi teu pai: ele caiu às minhas mãos, e o meu ódio não ficou satisfeito. Odiei-lhe as cinzas; sim odiei-as até hoje, mas triunfaste do meu coração, confesso--me vencido, amo-te! Humilhei-me ante uma criança, que desdenhou-me e parece detestar-me! Hás de amar-me. Humilhado pedi-te o teu afeto. Maldição! Paulo B., estás vingado!

Tua filha oprime-me com o seu indiferentismo e esmaga-me com o seu desprezo, como se me conhecera!

Mulher altiva, hás de pertencer-me ou então o inferno, a desesperação, a morte serão o resultado da intensa paixão que ateaste em meu peito.

11. O Derradeiro Adeus

ÚRSULA, AINDA TÃO NOVA, começou a vergar sob o peso de tantas comoções encontradas. Pálida e abatida, semelhava o lírio do vale, que a calma emurcheceu. Era débil para tão grandes embates.

Na sua solidão o homem tinha ido perturbar-lhe a virginal pureza do coração para dar-lhe uma nova existência — o amor; e depois ainda o homem, invejoso dessa momentânea e fugaz felicidade, veio roubar-lhe a tranquilidade do espírito e envenenar-lhe a suave esperança de uma vida risonha e venturosa, espremendo-lhe no coração a primeira gota de fel do cálix que ela devia libar até às fezes.

Ela, conturbada e aflita, recolhia-se em si para meditar nas expressões ardentes e ameaçadoras do homem da mata que a amedrontavam e a gelavam até o fundo da alma.

E quem será ele? Deus meu! Por que fatalidade me viu e disse-me que me amava com amor ardente e intenso, que terá a duração da sua vida! Pressagia-me o coração aflito que esse homem e o seu amor me hão de ser funestos!

Uma voz interna diz-me que aí está uma grande desgraça. Oh! Esse homem ensanguentou os meus vestidos, que eram tão alvos! Cada nódoa desse sangue, que tanto me horroriza, parece-me que serão outras tantas lágrimas de amargura que tenho de verter.

Oh! Meu Deus! Meu Deus, permiti, Senhor, que eu me engane e que jamais o torne a ver.

Tancredo! Livrai-me desta aparição ou deste ente repulsivo e ameaçador!

Tancredo! Onde estás a esta hora? Que fazes que não me vens proteger contra a insolência e as ameaças desse caçador desconhecido? O teu amor há de amparar-me. Oh, sim, o teu amor me dará forças para destruir suas loucas esperanças e esquecer suas terríveis ameaças.

E ela fechou os olhos, mas na mente se lhe figurava constantemente aquele rosto severo, ardente, apaixonado e ameaçador, aos ouvidos lhe retumbava o som da sua voz — era como se ainda o visse, ainda o ouvisse, e ela, desanimada e sem forças, procurava desvanecer essa visão infernal. Depois de algum tempo de luta interna, exclamou: Oh, que homem tão ousado, cujo olhar sinistro me amargurou a alma!

Apareceu a noite rebuçada no seu manto de escuridão, e a donzela supôs encontrar o sossego nas trevas e no sono, mas, trêmula e agitada no seu leito, invocava embalde o sono, que o fantasma se erguia mudo e impassível, e a sua mente alucinada dava-lhe movimento e voz, e ele blasfemava, e ameaçava, e sorria-se com sarcasmo. Os olhos chispavam fogo, os lábios agitavam-se convulsos e os membros e o tronco pareciam cobertos de sangue.

E ela revolvia-se no leito, e o corpo tremia-lhe, o suor corria-lhe e o peito opresso ofegava: era um pesadelo insuportável!

A noite ia já alta, a moça entrou no quarto de sua mãe; ia talvez revelar-lhe o que se havia passado na mata, descrever-lhe as feições do desconhecido, o acento de sua voz, para ver se descobria indícios que a elucidassem sobre esse terrível adorador ou ao menos procurar conforto no coração materno, quando com redobrada amargurada esta disse-lhe:

— Ânimo, minha querida filha, não chores: os meus sofrimentos vão já acabar. Sinto aproximar-me da sepultura! Mas Deus me há de permitir ainda ver-te feliz. Sim, feliz! Porque Tancredo te há de dar a ventura que tanto hei pedido ao céu para a minha Úrsula.

A moça, então traspassada de dor, olhou para essa infeliz mulher a quem tão ternamente amava e estremeceu de angústia. Luiza B. não poderia já aspirar muitos dias de vida, e essa lembrança fez-lhe esquecer sua desagradável apreensão, e até mesmo seu amor apaixonado para entregar-se toda à dor de uma eterna separação, que ela antevia como irrevogável.

E, debruçada sobre o colo materno, a donzela derramava sentido e terno pranto que vinha lá do fundo da alma, onde havia dor, mil vezes mais cruel do que a própria morte.

Ela fechava aqueles olhos alquebrados, que mal podiam já acariciar os seus, aqueles lábios semimortos, que fracamente exprimiam a ternura maternal, aquelas mãos hirtas e regeladas, que só por sobre-humano esforço erguiam-se ainda para abençoá-la, e o coração partia-se de angústia.

Brilhou alfim a alvorada, que espancou essa noite tão longa, e de tantas dores. Luiza B. recobrou fictícios sinais de melhoras.

Úrsula, mais reanimada, tinha secado o seu pranto, e feliz pelas melhoras de sua mãe, procurava esquecer o desconhecido da mata, cuja entrevista desejava relatar à mãe, mas aguardava para esse efeito um dia em que esta se sentisse mais forte e vigorosa.

Úrsula receava incomodá-la com os seus receios, aliás tão bem fundados. Tinha razão — Luiza B., no aflitivo estado em que se achava, morreria instantaneamente vendo a filha querida de seu coração ameaçada por um homem cuja fereza desenhava-se no seu aspecto.

Sim, Úrsula tinha razão, Luiza não poderia resistir a esse novo embate — era demais para uma fraca moribunda.

E alguns dias tinham-se já passado depois dessa noite de penosas comoções, e Luiza B. era ainda a mesma débil, esquálida enferma, mas terna e desvelada mãe, e parecia mesmo na aproximação da morte redobrar de afetos e de carícias, ameigando com ternura extrema sua inconsolável filha, toda pranto e saudades.

Um dia, porém, Luiza pareceu recobrar forças, que a muito a haviam abandonado, e a filha viu com prazer errar-lhe nos lábios um sorriso animador. Acreditou que suas lágrimas tinham tido o poder de arrancar a mãe às mãos da morte e, prostrada, rendeu graças ao Senhor.

Pobre Úrsula!...

Era esse o dia destinado, e há tanto esperado, para ela informar sua mãe sobre a entrevista da mata, e começava já a dispô-la para esse fim, quando bateram à porta.

Ela levantou-se precipitadamente e foi abri-la. Era um escravo, que inquiriu:

— A senhora Luiza B.?

— É minha mãe — tornou a moça.

— Fazei-me o favor de entregar-lhe essa carta, minha senhora.

— Sim — tornou Úrsula, e acrescentou: — Não se poderá saber donde veio?

O negro, sem dar resposta, saudou-a humilde e respeitosamente, e picando o cavalo. seguiu a trote largo pela imensidade do campo.

A moça voltou para junto de sua mãe, e apresentou-lhe a carta, trêmula e desassossegada.

— Uma carta! — exclamou esta. — E donde virá ela? Lede-a, minha filha.

Úrsula quebrou o selo da carta, e reprimindo sua inquietação, começou nestes termos:

> *Luiza, minha cara irmã.*

— É de teu tio — exclamou a mãe, confusa e assustada. — Que me quererá?

Úrsula comprimiu com as mãos a fronte, que súbita dor acometera. Uma vertigem lhe obscureceu a vista; mas acalmando-se-lhe o natural sobressalto, continuou a ler:

> *É necessário que nos vejamos ainda uma vez na vida, e conto que anuirás a este desejo, ou antes súplica, de teu irmão.*
>
> *Minha irmã! Minha Luiza! Muito me tens a perdoar, porque gravíssimo é o mal que te hei feito. Mas és boa, teu coração não pode alimentar ódio por aquele que foi sócio dos teus jogos*

infantis, e que na juventude te amou com essa doçura fraternal, que só tu compreendias, porque eram gêmeas as nossas almas.

Luiza, minha doce irmã, por que me tornei eu mau e odioso a meus próprios olhos depois que tomaste Paulo B. por esposo? Por quê? Nem o sei eu! Talvez o desejo que sempre tive de dar-te uma posição mais brilhante, como muitas vezes te fiz sentir. Malograste, no entretanto, as minhas intenções, esposando esse homem, que...

Esse foi o teu crime, crime que eu nunca te haveria perdoado se o céu se não incumbisse desta conversão, que sem dúvida te há de admirar, porque a mim mesmo me admira.

O mais dir-te-ei vocalmente, porque só deve esta preceder-me uma hora. Adeus.

Teu afetuoso

FERNANDO.

— Meu Deus! — exclamou a viúva de Paulo B. após alguns momentos de silêncio.

— Que quer dizer isto? Esta conversão! Oh, não o compreendo! Úrsula, minha filha, não sei por que aperta-me o coração à aproximação dessa entrevista. Fernando, meu irmão, O teu ódio ainda não estará vingado?

— Mas — continuou a pobre mulher — ele me fala de perdão. Deus! Será possível que se haja arrependido, e que o meu sofrimento lhe tocasse o coração empedernido?!

— Duvido, minha mãe — objetou Úrsula — duvido. Para que vem ele perturbar o nosso sossego?

E entrou a cismar sobre tão inesperado e estranho assunto. Falava em sossego! Como se ela o gozasse há dias! Depois dessa desgraçada entrevista da mata, sentira um só dia o que era tranquilidade? Não, por certo. Mas, Fernando P., que vinha ele aí fazer? Úrsula tinha horror a semelhante parente, e implorava ao céu o arredasse sempre da sua vista. Graves suspeitas pesavam sobre o comendador, e a infeliz órfã não podia lembrar-se dele sem temor.

E Luiza tinha suas razões, por isso agora mais do que nunca estava aflita e inquieta, mas Úrsula, para tranquilizá-la, disse:

— Por que estais assim a tremer, minha querida mãe? Que mal vos poderá ele fazer além dos que já tem feito? Ele vos fala em perdões, trata de uma conversão...

— Operada pelo céu, que a ele mesmo admira! — tornou Luiza, interrompendo sua filha, que cada vez se sentia mais inquieta. — Esta conversão assemelha-se a todos os atos de sua vida: esta conversão deve nos ser funesta!

— Pensais isto, minha mãe? — interrogou a pobre Úrsula, pálida e convulsa.

— Sim, minha filha, e quase que te posso assegurar.

— Santo Deus! — exclamou Úrsula, precipitando-se para fora do quarto de sua mãe, e cobrindo o rosto com as mãos ambas.

O caçador desconhecido acabava de entrar sem anunciar-se.

— Fernando! — exclamou Luiza, tornando-se lívida e tiritando de frio.

— Luiza! Luiza, minha querida irmã! — bradou o comendador, correndo para ela e unindo-a ao seu coração.

Este brado terno e comovido revocou a infeliz mulher à uma vida que ela já julgava extinta, e esquecendo por um instante todo o amargor que Fernando lhe derramara no coração, sorriu-se para o irmão que amara, e por momentos brilhou-lhe no rosto a alegria, e disse:

— Meu irmão!

E Fernando cedeu então ao mais belo transporte da sua alma, ao único sentimento virtuoso que Deus aí lhe implantara, e que embalde tinha lutado por abafar ou destruir.

Fernando combatia a dezoito anos o poder desse amor fraterno, e seu orgulho conseguiu por algum tempo, o que o coração repugnava, o que a razão e a inteligência condenavam e o que ele sentia dolorosamente, porque só nesse afeto lhe estava a ventura de toda a sua vida.

E para vencer-se obstinadamente, evitava a vista de sua irmã, a que não poderia resistir, para bem saciar a sua vingança, para bem flagelar-se, flagelando-a na sua desgraça.

Fernando tinha vivido solitário, e desesperado com essa luta terrível do coração com o orgulho — e esses desgostos íntimos, que ele próprio forjava, o tinham embrutecido, e tanto lhe afearam o moral, que era odiado e temido de quantos o praticavam ou conheciam de nome.

Ele tornara-se odioso e temível aos seus escravos — nunca fora benigno e generoso para com eles, porém o ódio e o amor, que lhe torturavam de contínuo, fizeram-no uma fera, um celerado.

Nunca mais cansou de duplicar rigores às pobres criaturas que eram seus escravos! Aprazia-lhe os sofrimentos destes porque ele também sofria.

Eis aí, pois, a alma implacável na maldade do irmão de Luiza.

E Úrsula, onde estava ela?

Pobre menina! Correu sem tino, e sem consciência do que fazia, porque acabava de reconhecer em seu tio o caçador, cuja voz e cujas expressões não podiam ser esquecidas. Seu aspecto, suas ameaças, seu amor violento e libidinoso já o tornavam repelente e agora via nele Fernando P., o perseguidor de sua mãe e talvez o assassino de seu pai! O coração pulsava-lhe com veemência, parecia querer estalar.

Compreendeu toda a extensão do perigo iminente que estava sobre sua cabeça. Sua mãe pouco poderia viver, Tancredo estava ausente. O comendador ia triunfar, já não havia dúvida. Oh, essa ideia era horrível!

Úrsula correu louca por algum tempo, ora invocando a morte, ora maldizendo a hora de seu nascimento, até que afinal, vencida por tão violentos embates, caiu em uma prostração mórbida, donde a preta Susana a veio arrancar para dizer-lhe:

— Ide, ide, que minha senhora lhe quer falar. Ah, ela não pode tardar.

E abafou-lhe a voz copioso pranto.

Úrsula abriu os olhos, estremecendo, e perguntou:

— Que me queres?

E reparando que a escrava chorava, tornou-lhe enternecida:

— Pois que, Susana, tu também choras?

A velha africana pegou-lhe da mão, e disse:

— Acompanhai-me, vossa mãe está a morrer.

Úrsula exclamou fora de si:

— Oh, não, mentes, não pode ser! Tu te enganaste, Susana, não é verdade?

Susana tomou-a nos braços, e apontando para o leito da moribunda:

— Vede-a. Ela vos quer falar.

Luiza B. estava só: seu irmão tinha-lhe já dito o derradeiro adeus, ela agora necessitava falar a sua filha — desabafar com ela e dar-lhe o último ósculo maternal!

12. FOGE!

— **APROXIMA-TE,** minha pobre filha — exclamou a infeliz mãe com a voz fraca e arrastada — ah, que desgraçada entrevista!

— Bem me pressagiara o coração!

E as lágrimas começaram a cair-lhe a dois e dois.

— Baralham-me as ideias, minha Úrsula — tornou-lhe a mãe, em cujo rosto se pintavam já os indícios da morte — talvez não me compreendas bem, mas escuta-me. Meu irmão veio abreviar os instantes que ainda me restavam para te amar e proteger-te contra os seus caprichos! Sabes, minha filha, o que quer esse homem?

E um tremor convulso agitou os membros da desditosa mãe, que ainda na sua agonia velava pela infeliz órfã.

A filha, a desvelada filha, tomou-a nos braços, uniu-a ao seu coração, orvalhou-a com as suas lágrimas e sufocada pela dor lhe bradou:

— Oh, minha mãe... Minha querida mãe, que foi que vos fez esse homem malvado?

A pobre mulher não pôde retrucar-lhe, fechou os olhos, e parecia que de todo lhe faltava a vida:

— Úrsula gritou, pediu socorro, e ao seu pranto doído só teve por eco o pranto de Susana!

Luiza tornou a si dessa penosa e prolongada síncope, porque Deus quis que uma vez ainda ela falasse com a sua filha, por isso ela, recobrando um breve alento, mas já com os olhos amortecidos e vidrados, e com a voz pausada e abafada, que a custo se lhe deslocava dos lábios, disse:

— Minha filha querida, minha Úrsula, para que te dei essa vida?! Ah, tu que eras o encanto dos meus dias. Tu, a alma da minha existência... Oh, meu Deus! Senhor, dai-me sequer poucos dias mais de vida para protegê-la, para ampará-la.

E o pranto doloroso embargou-lhe a voz.

— Oh, não choreis, minha mãe, pelo céu — exclamou a pobre moça, aflita por tantas dores. — Oh, não choreis!

— Se soubesses, minha filha... — ia a dizer a mísera agonizante.

— Tudo sei, minha querida mãe — interrompeu a moça, torcendo as mãos de desespero. — Sei tudo, ele diz que me ama e que o seu amor ninguém desdenha impunemente.

— Ouviste-o enquanto me atormentava pela última vez?

— Oh, não! — tornou Úrsula: — Esse homem me horrorizou, e eu fugi dele.

— E, entretanto, sabes que ele quer desposar-te?

— Disse-me na mata, quando me anunciou seu amor apaixonado. Mas perdoai-me de vos não ter ainda relatado esse triste acontecimento da minha vida. Via-vos tão débil, tão desalentada, que me não atrevia a dar-vos esse golpe. Uma tarde, não há muito, estendi o meu passeio até a mata próxima, e aí meditando sobre as promessas de...

Úrsula enrubesceu, e a voz sumiu-lhe dos lábios.

Depois de leve pausa continuou:

— Esqueci-me das horas, o tempo foi passando, e só ao cair da noite é que dei fé de mim e tratei de voltar. Nesse comenos ouvi o estampido de uma espingarda, e uma pobre perdiz que, ferida, veio como pedir-me socorro. Acolhia-a ao seio, mas nem bem o havia feito, que dei junto a mim com um homem, que me fixava com olhos sinistros.

Tomou a donzela algum alento, e só depois de alguns minutos é que pôde relatar à sua moribunda mãe a sua fatal entrevista. Terminada que foi a narração, acrescentou: — Por último cobrei ânimo e quis fugir-lhe, mas ele implorou em vosso nome, e eu ouvi-o.

Louca, louca, que eu fui, tinha diante dos olhos o comendador P., o perseguidor de minha mãe, e...

— O assassino de teu pai, minha Úrsula — interrompeu Luiza B., com indefinível amargura.

— Será possível? — exclamou a moça, atônita.

— Sim — tornou ela — acaba de confessar-me num transporte, que diz de vivo arrependimento.

— Oh, que horror! — disse Úrsula levando as mãos ao rosto lívido de pavor.

— E diz que loucamente te adora, e quer compensar-te com o seu nome e com a sua fortuna, dos males que nos ha feito.

— Que insulto nos faz o comendador — o assassino de meu pai!

— Silêncio, minha pobre filha! Agora escuta-me: são estas talvez minhas derradeiras palavras, pesa-as bem. Não chores, não, minha filha, não chores, se queres ainda ouvir-me por um instante. Bem sei quanto te é penosa esta dura separação, mas tarde ou cedo, ela devia chegar, e tu deves resignar-te e aproveitar o tempo, que urge.

Frágil, e já sem forças, eu vi Fernando à cabeceira do meu leito como se fosse anjo do extermínio a falar-me de coisas que só me poderiam abreviar os instantes. Conheci que chegava o termo dos meus dias, ele também o conheceu, e conquanto esta ideia, apesar da dureza do seu coração, lhe fosse amarga, ele contudo deixou-me à pressa para ir à cidade de ***, donde deve voltar amanhã.

Fernando voltará aqui com um sacerdote, que há de abençoar, em presença deste leito de agonia, a união forçada da filha de Paulo B. com o seu assassino!

— Oh! Não, nunca! Nunca! — bradou a donzela fora de si.

— Sim, nunca — replicou a pobre moribunda aproveitando suas últimas forças, mas um novo desmaio, seguido de violentas convulsões reapareceu, e seu rosto tornou-se mais esquálido, e as feições, mudadas, e o suor gelado da morte mostrou-se.

— Meu Deus! Meu Deus! — exclamou Úrsula no auge da mais pungente aflição. — Oh vós, Senhor, que sois bom e que podeis tanto, restitui-lhe a vida ainda em troco da minha! E caiu sobre o corpo já meio gelado da infeliz mãe.

Luiza de novo abriu os olhos para dar um último adeus à filha de suas adorações, e por um esforço derradeiro, disse-lhe:

— Úrsula, minha filha, teme a cólera de Fernando, mas sobretudo teme e repele seu amor desenfreado e libidinoso.

Meu Deus, perdoai-me se peco nisto...

Aconselho-te... que fujas...

Foge... minha... fi... lha... Fo... ge!...

Foram suas últimas palavras, a custo arrancadas e entrecortadas pela morte.

Então Úrsula, a pobre órfã, ajoelhou aos pés do leito, e volvendo em seus braços o corpo inanimado, com seus lábios trêmulos de dor, tocou os lábios frios e inertes de sua mãe, tentando, embalde, transmitir ao coração materno o hálito ardente que a animava.

Mas quando voltou à realidade, quando teve plena consciência de que estava só, e entregue ao rigor da sua sorte, quando pôde acreditar que sua mãe já não existia, então prorrompeu em lágrimas, e estorceu-se pelo chão, e agitou-se como uma possessa, porque as grandes e profundas dores do coração só acham alívio na expansão ilimitada da dor, e na fadiga do corpo e do espírito.

Ao romper do seguinte dia via-se um cadáver quase sem acompanhamento que ia ser inumado no cemitério de Santa Cruz.

Era o da infeliz paralítica Luiza B.

13. O cemitério de Santa Cruz

ERA UMA DESSAS TARDES que parecem resumir em si quanto de belo, de luxuriante e de poético ostenta o firmamento no equador; era uma dessas tardes que só Bernardin de Saint-Pierre soube pintar no delicioso *Paulo e Virgínia*, que deleita a alma e a transporta a essas regiões aéreas, que só a imaginação compreende, e que, divinizando as nossas ideias, nos torna superiores a nós mesmos.

Era, pois, uma dessas tardes em que o sol no seu descambar para o acaso recebe mil e cambiantes cores, invejadas pela palheta dos Rafaéis e que se confundem com o sorriso da triste amante, a lua, que ressurge pálida na orla do horizonte. Os últimos raios de um sol vívido misturavam-se com os raios prateados de uma lua de agosto.

E na ampla solidão dos campos, onde se espelhavam as harmoniosas despedidas do rei do dia e o frouxo brilho da deusa caçadora, mais poética magia difundia no espírito daquele que a essa hora encantadora e melancólica os atravessasse com o coração tranquilo.

Silencioso e ermo estava então o cemitério de Santa Cruz, e só o vento, que silvava entre o arvoredo ao longe, e que mais brando gemia tristemente nessa cidade da morte, é que quebrava a solidão monótona e impotente desse lugar do esquecimento eterno.

Esquecimento! Encontrá-lo-emos acaso? Essas dores, que nos retalham o coração, serão porventura esquecidas, dormirão acaso no fundo do sepulcro? Quem sabe. Quem poderá afirmar?! Deus. Só Deus o sabe, e os seus arcanos são incompreensíveis. O morto dorme o sono eterno, e a sua campanha é muda, como os seus lábios.

O sepulcro recebe o segredo do morto, e guarda-o, e o não revela.

E o que vive, diz:

— O morto repousa sob a lousa, seu corpo reduz-se à terra, e a paz e o esquecimento das dores humanas, que ele há tanto anelava, lhe oferece a morte.

Oh, passam-se os séculos, e ele não volve! É sempre mudo, e frio como a terra, que em borbotões se derramou sobre ele.

Simples e quase nu era esse cemitério de Santa Cruz — como devera ser a última morada do homem.

A vaidade não tinha franqueado o seu liminar; aí não havia mausoléus, nem floreadas campas, e sim uma capelinha singela e pobre e a cruz com os seus braços distendidos, protegendo as cinzas dos que eram pó e denunciando que na vida seguiram a sublime religião do Cordeiro Crucificado. Além disso, uma ou outra árvore e ervas rasteiras cobrindo o terreno e invadindo tudo.

A estrada que ia a Santa Cruz abria-se aos pés desse lugar de tão saudosas recordações.

Úrsula, a essa hora do crepúsculo, desatinada por tantas dores, depois de vagar incerta no caminho que queria seguir, tinha enfim penetrado no âmbito pavoroso que encerrava os restos de sua mãe.

De joelhos beijou a terra úmida, e ainda revolta pelo alvião: e o pranto amargo que lhe inundava as faces e o soluçar magoado que vinha lá dos abismos de sua alma, eram a mais sincera expressão da sua dor — e a mais grata prece ao altíssimo.

Que soledade a sua! Entregue agora a toda a força de um destino, cuja dureza começava a experimentar, no começo dos seus anos, ela não podia ter ânimo para encará-lo sem tremer.

Que lhe restava agora sobre a terra? Um amor ardente e apaixonado, ternamente correspondido, mas que a esta hora, ignorando toda a sua angústia, todo o perigo que a ameaçava, estava longe de a poder salvar e amparar contra as fúrias de Fernando!

Pobre e desditosa Úrsula!... Era essa a única ventura que lhe restava — o único elo que ainda a prendia à cadeia da vida.

Mas a mísera, transida de dor, no excesso de sua íntima e irremediável mágoa, esqueceu o seu amor, e até mesmo a odiosa imagem do comendador. A inconsolável filha chorava a perda irreparável e eterna de sua querida mãe.

No fundo desse sepulcro tão frio e tão silencioso lhe estava a alma!

Ela beijava o pó da sepultura, e um pranto sentido caía sobre essa terra, e filtrando-se, ia como que despertar do sono eterno aquele coração enregelado pela morte, e que tanto amor lhe havia tributado.

E a lua melancólica e pálida, lançando uma chuva de prateados raios sobre o cume das árvores e sobre a erva do cemitério e branqueando os braços negros da cruz, junto da qual estavam a sepultura de Luiza B. e a dolorosa donzela ajoelhada, dava a esse quadro mil encantos de sublime poesia. Os olhos da donzela levantavam-se para esse sagrado estandarte da fé, porque o coração procurava um auxílio do céu, mas logo a cabeça pendia para a terra, e os lábios roçavam o pó da campa.

Depois a dor — mais viva, mais dolorosa e íntima conturbou-a; seus membros tiritaram, a vista obscureceu-se, e um gemido saiu do imo peito intenso e dolorido: era como se nele lhe viesse a vida. Úrsula caiu desmaiada.

Infeliz donzela! Por que fatalidade viu ela esse homem de vontade férrea, que era seu tio, e que quis ser amado? Esse homem, que jamais havia amado em sua vida; por que a escolheu para vítima de seu amor caprichoso, a ela que o aborrecia, a ela a quem ele tornara órfã, antes de poder avaliar a dor da orfandade? A ela que amava a outrem, cujo nome devia conhecer, porque mais de uma vez o vira no tronco da árvore, enlaçado com o de Úrsula, a ela que toda a sua alma, toda a sua vida pertencia agora a esse jovem cavalheiro!?

A pobre donzela, assim desmaiada, semelhava à flor do prado que murchou porque o tufão da tarde a arrancou da haste — e ninguém lhe prestava o mínimo socorro, e Deus somente a via e avaliava a grandeza das suas dores.

O sol tinha de todo desaparecido na extrema do horizonte, e a luz ainda tíbia da lua derramava vaga claridade.

O silêncio tornava-se mais profundo quando um rumor longínquo começou a interrompê-lo — mais tarde era como o tropear de cavalos que para ali se dirigiam.

Úrsula nada ouvia, e se o tivesse ouvido, seu coração morreria de pavor. Esse tropear de cavalos em demanda do lugar em que se achava ela julgaria ser o anúncio da má vinda de seu tio, que a vinha perseguir, aumentando por essa arte o sofrimento da sua alma.

Mas ela, envolvida nesse torpor que se assemelha à morte, não tinha consciência do que lhe ia em torno, nem da própria existência.

Pararam os animais junto à estacada de madeira que cercava a morada dos mortos, e dois homens penetraram o recinto silencioso.

A lua se mostrava toda e prateava-lhes as faces nobres e altivas, e essas frontes estavam inundadas de suor, e uma delas era pálida e branca, porque o coração gemia sob o peso de amargas comoções; e a outra negra como o azeviche, mas também abatida por profundo pesar.

Estes homens apearam-se com presteza, ataram a uma árvore as rédeas de seus ginetes, e de um salto, cada qual o mais rápido, invadiram a morada do sono eterno.

E junto à cruz lobrigaram o vulto de uma mulher estendida por terra.

— Ei-la! — exclamaram a um tempo ambos eles, e o que era amante, o que sentia no coração referver-lhe um amor estremecido, ajoelhou ante a bela desgraçada e, tomando-a nos braços, exclamou:

— Úrsula! Úrsula!...

Então essa mulher, que no excesso de sua aflição ele julgara morta, reanimando-se pouco e pouco ao contato de seu corpo, desatou um gemido profundo e dolorido.

— Louvado seja o Senhor Deus! — exclamou Tancredo, a quem sem dúvida já o benigno leitor terá reconhecido.

— Sim — ajuntou Túlio — bendito seja o Senhor, que protege a inocência! Ela vive, senhor, e será vossa.

— É verdade — disse o jovem Tancredo, estreitando em seus braços a mulher de suas afeições. — Oh, Túlio, quanto sou feliz... Ela vive para mim! — e de novo chegou-a ao coração.

— O tempo urge — observou Túlio, que, menos embevecido do que o cavalheiro, receava talvez algum funesto acontecimento — é preciso, senhor, partir incontinente.

— Tens razão, Túlio; mas Úrsula está tão debilitada, que receio não possa suportar as fadigas de uma viagem, que, demais, não pode ser vagarosa.

— É possível que torne a desmaiar, ou que este desmaio, que ora está a terminar, se prolongue muito; mas, senhor, os vossos cuidados revocá-la-ão à vida. Lembrai-vos do que nos disse mãe Susana.

— Sim — tornou Tancredo — mas supões, Túlio, que eu trema com a lembrança desse homem? Não. Eu só receio que o estado de saúde desta infeliz menina piore ou venha a perigar por uma viagem imprudente, e que só pode revelar pouco ânimo da minha parte.

Depois curvou-se sobre a moça e chamou-a. Essa voz amada lhe ecoou na alma. Úrsula abriu os olhos e reconheceu Tancredo.

— Sois vós? — disse num transporte indefinível de amor e de esperanças. — Oh, então é verdade que Deus escutou as minhas súplicas? Tancredo, em nome do céu, salvai-me!

— E o que receais, prenda do meu coração? — interrogou o mancebo, revendo-se nos olhos dela.

Então Úrsula levantando-se com ímpeto, porque tinha despertado completamente do doloroso torpor de suas faculdades, olhou em torno de si e exclamou:

— No cemitério! — e seus olhos exprimiram pavoroso enleio.

— Eu, no cemitério! — tornou após breve pausa, e um pranto sentido, mas já menos desesperado, se desprendeu de seus olhos, e ela soluçou: — Minha mãe! Minha mãe! Tancredo, ela já não existe!

E aqueles dois corações, unidos pelo amor, oraram pelo descanso eterno de Luiza B.

14. O REGRESSO

AGORA É PRECISO SABERMOS como Tancredo, de volta de sua viagem, pôde saber onde estava Úrsula e o que lhe havia acontecido.

Dominado unicamente pela ideia de revê-la, o mancebo correu apressadamente, quase sem descanso, logo que terminou na comarca de *** a missão de que o haviam encarregado, e que tão penosa se lhe tornou depois que conheceu Úrsula; mas Tancredo mal podia prever quantas dores amarguravam a alma da pobre donzela.

Entretanto raiou o dia apetecido, e que devia levá-lo para junto de sua jovem desposada, e nesse dia o coração arfava-lhe, ora com um arrebatamento apaixonado, ora com um triste desassossego, e ele enterrava as esporas nas ilhargas do brioso animal que o conduzia e redobrava o ardor de sua carreira.

E na sua impaciência a distância parecia-lhe imensa.

— Túlio — exclamou Tancredo vendo que fugiam as horas — será possível que ainda hoje deixemos de chegar à sua casa?

Túlio nada respondeu, e parecia não tê-lo ouvido: com efeito, o negro cismava profundamente, porque a aproximação daqueles lugares trazia-lhe mais de uma recordação.

— Não me ouviste, meu bom amigo — continuou Tancredo. — Túlio, quero vê-la hoje, agora mesmo se nos for possível. Ah! Não sabes como a amo... Ela é tão bela, o sorriso nos seus lábios é como a gota do orvalho no cálice de uma flor.

— Túlio, apressemos os cavalos!

— Morreriam, senhor — tornou Túlio, arrancando-se aos seus pensamentos.

— Oh! — exclamou Tancredo contrariado — e ela que me espera! Parece que lhe escuto o palpitar do coração, que vejo a ânsia com que me aguarda, e ouço-lhe um som queixoso e um suspiro lhe perpassar pelos lábios, embaciando o vivo rubor que os tinge.

E então ela chamar-me-á ingrato e esquecido da minha promessa. Oh, meu Deus! Túlio, tu não sabes quanto esta ideia me aflige. Demo-nos pressa; tu andas tão devagar! Ah, hoje mesmo Úrsula deve ter a seus pés o homem que mais sabe adorá-la sobre a terra.

Túlio também sentia uma vaga inquietação, e esse desassossego, que começava a tornar-se sensível no jovem apaixonado, há muito o tocava ao vivo: é que a cada um deles figurava-se que Úrsula reclamava socorro, que algum pesar a oprimia.

Tancredo amava apaixonadamente a essa menina de olhar meigo e arrebatador; Túlio tinha-a visto no berço, e a sua afeição para com ela era profunda e desinteressada.

Entretanto tinham já percorrido longo espaço quando duas estradas se lhes apresentaram à vista.

— Agora — disse Túlio — tomemos a estrada de Santa Cruz; é a que devemos preferir. Daqui à casa de minha senhora temos só meia légua, e a outra dar-nos-á mais do que o dobro.

— Louvado seja Deus! — exclamou o mancebo com alegre reconhecimento. — Tomemos a estrada de Santa Cruz — e meteram os cavalos a galope.

— É tão somente para satisfazer a vossa impaciência — tornou Túlio — que propus essa estrada com preferência à outra; ao contrário...

— Por quê? — interrompeu o mancebo ingenuamente.

— Por quê! — repetiu Túlio. — Porque eu havia prometido a mim mesmo, e às cinzas de minha mãe, nunca mais trilhar esta maldita estrada:

porque sentirei pungentes e tristes recordações ao passar pela fazenda de Santa Cruz.

— Espera — interrogou Tancredo — parece-me que já ouvi falar desse nome. A quem pertence essa fazenda?

— Ao comendador P. — respondeu Túlio gravemente.

— É verdade — tornou o cavaleiro. — É do irmão da senhora Luiza B.

— Sim — prosseguiu o negro com voz amarga — é desse homem de sangue, dessa fera indômita. Oh! Vós não conheceis o comendador, e vossa alma generosa terá de repugnar em face das barbaridades que ele pratica cada dia. Implacável é o seu ódio, e a pobre senhora Luiza B. bem o tem experimentado. Pobre senhora! Seu marido foi também um homem cruel, mas a cólera do comendador o seguiu por toda a parte, e Deus sabe... Talvez lhe abreviasse os dias.

— Pois quê?! — interrogou Tancredo. — Julgas, Túlio, que fosse o comendador o assassino de Paulo B.?

— Não sei, senhor — suspirou o negro. — O comendador nunca procurou justificar-se, e graves suspeitas pesam ainda hoje sobre ele.

Nesse comenos cortavam eles ao meio a situação do comendador, deixando ao nascente a casa de sua residência, bela na aparência, de uma construção sólida e elegante, porém hermeticamente fechada; e ao poente um longo cercado de pau a pique no centro do qual erguia-se uma cruz sobranceira: era o cemitério.

Ambos levaram as mãos aos chapéus, e reverentes descobriram a cabeça.

O sol começava já a amortecer seus raios.

A essa mesma hora também alguém caminhava apressadamente para a casa de Luiza B., e que como Tancredo amava cegamente ao lírio daquelas solidões. Esse alguém era o comendador Fernando P.

Fernando P. vinha da cidade de ***, e suas cavalgaduras arfavam de cansaço pela rapidez da marcha. Mas à hora que Tancredo atravessava a fazenda de Santa Cruz, a Fernando P. faltava mais de uma légua para aí chegar.

Ambos caminhavam pois para o mesmo lugar, tinham ambos pressa; Tancredo unicamente para ver a mulher de suas adorações, Fernando porque nutria graves suspeitas de que outro lhe seria preferido. Ele começava a sentir no fundo da alma o desassossego mortal do ciúme e da vaidade, mas cônscio do terror que infundia àqueles que o conheciam cobrava às vezes um pouco de calma, e dizia:

— Não é possível! Embora ela o ame, não poderá resistir à minha vontade. E demais onde está agora esse insensato? Na comarca de ***. Quando voltar, tudo estará feito: Úrsula será já minha esposa, e ele, resignado, esquecido ou mesmo desesperado; mas respeitando minha posição social, e meu nome, morrerá de inveja, embora amaldiçoando a minha felicidade. Mas se pelo contrário... Não é possível! Se pelo contrário, ai dele!

Tudo isto repetia o comendador a si mesmo, devorando a estrada que trilhava cego por uma frenética paixão.

Entretanto o rico sítio de Santa Cruz oferecia aos jovens viajantes o mais belo panorama que se pode imaginar. Era sobre uma colina donde se gozava a poética perspectiva do campo que a tinham colocado; a sua formosura era, portanto, natural, porque os renques de coqueiros, que se alinhavam fazendo um semicírculo em frente da casa do comendador, e dos ranchos dos negros, a mão do tempo e o abandono do proprietário tinham reduzido a um penoso estado de morbidez que causava dó.

Ainda as casas dos escravos, que outrora tinham sido de um aspecto agradável, tapadas de barro e cobertas de telha, hoje mal representavam esse singelo asseio de outras eras. Já arruinadas, desmoronavam-se aqui e ali, porque os desgraçados escravos do comendador, espectros ambulantes, não dispunham de uma só hora no dia que pudessem dedicar em benefício de suas moradas; à noite trabalhavam ordinariamente até o primeiro cantar do galo. Esfaimados, seminus, espancados cruelmente, suspiravam pelas duas ou três horas de sono fatigado que lhes concedia a dureza de seu senhor.

Desgraçados! Que até a hora das trevas e do repouso, à hora em que a brisa geme apaixonada, como amante que anela o ardente hálito do seu adorador, em que a erva escuta o segredo terno da viração, em que o cantor da espessura afaga o plumígero habitante de seu ninho amoroso, um momento de sossego e amor lhes é vedado!

Não há descanso para o seu corpo, nem tranquilidade para seu espírito desvairado pelo terror de tantos e tão contínuos sofrimentos!

Mísero escravo! Tantas dores há em seu coração; e nós as não compreendemos!

Túlio tinha recaído em suas profundas meditações, e Tancredo, que começava a sentir-se feliz com a ideia de rever o objeto de seu amor, admirava a beleza natural dessa soberba situação quando, de repente, voltando-se para o seu companheiro, perguntou-lhe:

— Habitaste algum dia estes lugares, meu Túlio?

— Se os habitei, perguntais?! Ah, este é o lugar de meu nascimento, mas que detesto, que eu amaldiçoo do fundo da minha alma, porque aqui minha pobre mãe, à força de tratos os mais bárbaros, acabou seus míseros dias!

— Oh! — exclamou Tancredo, vivamente tocado.

— Minha mãe — continuou o jovem negro — era a escrava predileta de minha senhora: essa predileção chamou sobre ela parte do ódio que Fernando P. votava à sua irmã.

Deveis saber que esse homem amaldiçoado comprou as numerosas dívidas que meu senhor legou à órfã e à sua viúva com o intuito tão somente de reduzi-la ao último extremo de miséria, como a reduziu; porque seus diversos credores ter-se-iam comovido, e talvez lhe facultassem os meios de os ir pagando sem grande detrimento de sua fortuna, aliás tão arruinada.

— Que vingança tão mesquinha! — interrompeu Tancredo, indignado.

— Pois bem — prosseguiu Túlio, com voz lagrimosa — minha desgraçada mãe fez parte daquilo que ele comprou aos credores, e talvez fosse ela mesma uma das coisas que mais o interessava. Quando ela se viu obrigada a deixar-me, recomendou-me entre soluços aos cuidados da velha Susana, aquela pobre africana que vistes em casa de minha senhora e que é a única escrava que lhe resta hoje.

Minha mãe previa a sorte que a aguardava: abraçou-me sufocada em pranto, e saiu correndo como uma louca.

Ah, quão grande era a dor que a consumia! Porque era escrava, submeteu-se à lei que lhe impunham, e como um cordeiro abaixou a cabeça, humilde e resignada.

— Bem pequeno era eu — continuou Túlio após uma pausa entrecortada de soluços — mas chorei um pranto bem sentido por vê-la se partir de mim, e só comecei a consolar-me quando mãe Susana, à noite balouçando-me na rede, disse-me:

— Não chores mais, meu filho, basta. Tua mãe volta amanhã, e te há de trazer muito mel e um balaio cheio de frutas.

— Enxuguei os olhos e dormi na doce esperança de revê-la; e à noite sonhei que a vira carregada de frutas, como a boa velha me havia dito. Embalde a esperei no outro dia! Porém mãe Susana, que chorava enquanto eu cuidava dos meus brinquedos, sorria-se quando me via e procurava fazer-me esquecer minha mãe e seus afagos.

Minhas forças eram ainda débeis para compreender toda a extensão da minha desgraça, e por isso as saudades que me ficaram pouco e pouco foram-se-me adormecendo no peito.

Eu estava já crescido, mas nunca mais a havia visto; era-nos proibida qualquer entrevista.

Um dia, disseram-me: — Túlio, tua mãe morreu!

Ah, senhor, que triste coisa é a escravidão!

— Quando minuciosamente me narraram — continuou ele com um acento de íntimo sofrer — todos os tormentos da sua vida, e os últimos tratos, que a levaram à sepultura sem nunca mais tornar a ver seu filho, sem dizer-lhe um último adeus, gemi de ódio e confesso-vos que por longo tempo nutri o mais hediondo desejo de vingança. Oh, eu queria sufocá-lo entre meus braços, queria vê-lo aniquilado a meus pés, queria... Susana, essa boa mãe, arrancou-me do coração tão funesto desejo.

E o pobre Túlio desatou a chorar em desespero, porque era a recordação das desditas de sua mãe!

Tancredo também tinha na alma uma chaga mal cicatrizada, e as dores do negro encontraram eco em seu coração. Tancredo chorou também, e o silêncio da tarde recolheu soluços que não podiam envergonhá-los.

Alguns momentos depois estavam à porta da casa onde haviam deixado Úrsula, lacrimosa, porém cheia de lisonjeiras esperanças, e Luiza B., suposto que ao aproximar-se da morte, todavia feliz pela futura felicidade de sua filha. Mas essa porta estava fechada, um sinistro pressentimento afetou o coração de ambos. Bateram, e ao abrir-se a porta, só Susana apareceu, e vendo-os disse:

— Podeis entrar — e as lágrimas lhe espadanaram pelo rosto.

Tancredo e Túlio olharam-se em silêncio; esse choro não o compreendiam eles.

— Chorais? E de quê, mãe Susana? — perguntou Túlio, beijando-lhe respeitoso a mão.

— Meu filho — soluçou a velha — tudo para mim acabou! E a pobre menina lá foi sozinha ao cemitério orar sobre a sepultura de sua mãe!

— Úrsula? — perguntou Tancredo, rompendo o seu morno silêncio. — Morreu a senhora Luiza B.?

— Oh! Parece — tornou Susana com amargo dissabor — que aquele maldito homem jurou exterminar esta infeliz família!

— De quem falas, Susana? Quem é esse homem? — perguntou ansioso o cavalheiro, coligindo por estas palavras que alguma desgraça havia sucedido.

— De quem falo, senhor? Ah, é do senhor comendador P.!

— Dize-nos o que aconteceu. Mas primeiro que tudo, onde está Úrsula?

— Saiu, meu senhor, haverá uma hora, e proibiu-me que a acompanhasse: disse-me que ia orar sobre a sepultura de sua mãe, como já afirmei.

— E onde é o cemitério? — inqueriu Tancredo, tomando as rédeas a seu cavalo.

— Em Santa Cruz, senhor — replicou a africana, curvando a cabeça para a terra.

— Partamos, Túlio — ajuntou o cavalheiro, e depois acrescentou: — Não é possível que tenha ido a Santa Cruz, porque a teríamos encontrado, sem dúvida.

— Há tantas estradas para lá — disse Túlio — que é muito possível que a não víssemos.

— E demais — acrescentou Susana — ela sofre tão cruelmente pela morte de sua mãe, como pela perseguição de seu tio, que...

— Perseguição de seu tio?! — interrogou vivamente Tancredo, de novo chegando-se para a velha. — Que receia ela do comendador?

— Ah, senhor, creio que ela me disse que se não chegásseis agora, estava perdida; porque o senhor Fernando P. abreviou os dias de sua mãe e jura que há de ser o esposo da pobre menina.

Foi só o que no meio da sua dor me pôde confiar. Pobre menina!

— Pois bem — redarguiu Tancredo — tudo está remediado. E galoparam de novo em busca da donzela.

15. O CONVENTO DE ***

TERMINADA A ORAÇÃO, ÚRSULA, espavorida e amedrontada, disse:

— Fujamos, Tancredo! Mas, ah, o seu ódio pode seguir-nos por toda a parte.

— Úrsula, o meu braço é bastante forte para defender-te; estás ao abrigo do seu furor.

— Fujamos! — tornou a moça, desvairada. — Ele não tarda a chegar.

Tancredo olhou-a assustado e obedeceu. Úrsula estava combatida por muitas dores, e a mais leve contradição poderia enlouquecê-la. Ele procurou acalmá-la, e durante a viagem, mais tranquila, relatou-lhe os tristes acontecimentos que sobrevieram na sua ausência.

Tinham deixado a estrada real e tomado por um atalho que muito lhes alongava o caminho, mas que evitava o encontro do comendador.

Úrsula caminhava agora desassombrada e feliz, reclinada a cabeça no ombro do mancebo, que ela amava mais do que a vida.

E uma noite prateada pelos raios da lua lhes amenizava a fadiga da viagem.

E ao alvorecer do dia, depois de longa e porfiada carreira, chegaram cansados à cidade de ***, em demanda do convento de Nossa Senhora da ***.

Meia légua fora da cidade erguiam-se denegridas pelo tempo as velhas paredes de antigo convento, com suas gelosias também esfumaçadas pelo tempo, e que escondiam zelosas às vistas indiscretas as puras virgens dedicadas ao Senhor.

Era um edifício antigo na sua fundação, grave e melancólico no seu aspecto: era a casa do Senhor sem ostentação. As virgens que o habitavam, longe do mundo, não conheciam deste os gozos de um momento, mas também em sua alma não amargavam o doloroso pungir de profundos pesares. Viviam no remanso da paz, porque a solidão e o retiro davam-lhe aquela doce inocência que constitui a candura da alma; e essa vida de castos enlevos dedicavam-na ao Deus do Calvário.

E ele escutava-lhes os sagrados cânticos e acolhia-os, porque vinham de inocentes e angélicas criaturas, de consciência reta e pura e votadas ao serviço do Senhor.

E o Senhor ama àqueles que na pureza da sua alma erguem-lhe os carmes de um hino melodioso e abrem-lhe o coração como um sacrário sem mancha; ou, como a pecadora, mostram-se profundamente arrependidos, porque as lágrimas de um pranto sentido lavam a nódoa do pecado.

Chegaram a esse asilo da inocência os nossos viajantes e pararam observando atentos essas paredes solitárias do luxo humano; e depois Tancredo conduziu pela mão sua jovem desposada à porta do convento, que se abriu ao seu reclamo.

Ela estava radiante de beleza e parecia disputar primores com a estrela da manhã.

A pesada porta abriu-se, e Úrsula desapareceu por ela.

— Úrsula! — exclamou Tancredo de novo cavalgando o seu ginete. — Úrsula, só tu compreendeste o meu coração... Deixa vãos receios. Oh, sossega! Eu te protegerei contra a cega paixão desse louco.

Pretenderá em vão lutar contra a tua vontade e nunca te poderá arrancar da alma a sublime afeição que deste a outrem. Louco! A mulher só ama uma vez. No seu coração imprimiu Deus um sentir tão puro e tão verdadeiro que o homem não pode duvidar dos seus afetos.

E a mulher cumpre na terra sua missão de amor e de paz; e depois de a ter cumprido, volta ao céu, porque ela passou no mundo à semelhança de um anjo consolador.

Esta é a mulher.

Mas aquela, cujas formas eram tão sedutoras, tão belas; aquela, cujas aparências mágicas e arrebatadoras escondiam um coração árido de afeições puras e desinteressadas... Oh, essa não compreendeu para que veio habitar entre os homens, porque a cobiça hedionda envenenou-lhe os nobres sentimentos do coração.

O brilho do ouro deslumbrou-a, e ela vendeu seu amor ao primeiro que lho ofereceu.

Maldição! Infâmia sobre a mulher que não compreendeu a sua honrosa missão, e trocou por ouro os sublimes afetos da sua alma.

16. O COMENDADOR FERNANDO P...

A MAIS DE UMA LÉGUA DISTANTE de Santa Cruz deixamos Fernando P. galopando ansioso, blasfemando e praguejando contra aquele que porventura o contrariasse, e acompanhamos aos jovens desposados até o convento de ***, onde deixaremos por agora Úrsula meditando sobre os últimos acontecimentos de sua vida, que mais risonha e sedutora já se lhe figurava, e vamos ao encontro desse homem animado por tão loucas esperanças, e tão disposto a amar como a perseguir ao objeto da sua adoração.

O comendador, talvez mais por ostentação do que por sentimentos religiosos, tinha em sua casa um capelão, que era voz pública ser-lhe muito dedicado em consequência de altos favores feitos pelos pais de Fernando à sua família. Fosse pelo que fosse, o capelão de Fernando P. dizia-se amigo deste, e isso causava a todos admiração, porque o comendador era um homem detestável e rancoroso, e o sacerdote parecia ser santo varão.

Por uma singular anomalia estes dois homens pareciam querer-se, ou suportar-se reciprocamente, e essa união dava-lhes a reputação de íntimos amigos.

Fernando, homem estúpido e orgulhoso, não sabendo sequer exprimir seus próprios pensamentos, e não querendo confiar a alguém que ele julgava inferior a si pela posição, e pelo nascimento — única tábua de salvação, a que se pegava em seu naufragar contínuo de completa ignorância — tinha ido à cidade, suposto que ralado de mortais desconfianças, arranjar os papéis da mais absoluta necessidade, ou para fazer-se incontinente esposo de Úrsula, no caso de ainda encontrar viva a mãe desta menina, ou para, constituído por esta senhora tutor de sua filha, esta não poder escapar à sua vigilância, nem à sua paixão. Como ainda este erro seu era grosseiro!

Úrsula podia deixar de aceitá-lo por tutor, e, ainda aceitando-o, recusar-se energicamente a ser sua esposa. O comendador estava afeito a mandar, e por isso julgava que todos eram seus súditos ou seus escravos.

Já o sol não dominava as regiões da terra quando Fernando P. apeou-se à porta de sua habitação para dar ligeiramente algumas ordens. Vinha esbaforido e preocupado por um pressentimento, que embalde tentava destruir.

— Talvez eu venha por demais tarde! — ao apear exclamou sem intenção de o fazer, porque era contra o seu orgulho, que não imaginava dificuldades.

Dois negros de cabeça baixa, e humilhados, que lhe vieram pegar as rédeas, ouviram em silêncio essa exclamação desesperada, e pela contração dos supercílios do comendador tremeram involuntariamente.

Depois subiu para a varanda, e logo uma multidão de escravos se lhe veio aproximando; mas ele, erguendo a voz imperiosa, perguntou:

— Onde está o padre F.?

— Saiu ainda há pouco, meu senhor — animou-se a responder o menos tímido entre os que ali estavam.

— Saiu? — interrogou Fernando, enrugando a testa. — Para onde foi?

— Ignoro-o, meu senhor — tornou o mesmo escravo, com voz convulsa pelo medo — e creio que o mesmo acontece aos mais parceiros. Tomou a sua mula azeitonada, e há pouco o vimos desaparecer pela estrada do cemitério.

Os negros acabavam apenas de tirar a sela ao cavalo fatigado quando o comendador, descendo de um salto as escadas, foi-os golpeando com o chicotinho que trazia e gritando:

— Eia, que fazem, animais! Outro cavalo imediatamente selado. E os meus dois pajens, que me sigam.

Os míseros escravos gemeram de ódio e de dor, mas nem a mais leve exprobração, nem um sinal de justa indignação, se lhes pintou no rosto. Eram escravos, estavam sujeitos aos caprichos de seu bárbaro senhor.

E a ordem era tão peremptória, que outro cavalo apareceu como por encanto arreado, e os dois pajens montados em suas cavalgaduras.

Fernando P. montou e impaciente cravou as esporas nos flancos do animal, e os negros o imitaram. A carreira era rápida, e nada os podia conter. Fernando pensava encontrar o padre, e não se enganou, que bem perto ia ele. Caminhava a passo lento e ia levar consolações àquela a quem o comendador ia pedir amor.

— Meu padre! — exclamou Fernando ao avistar o homem de paz, que o precedera na viagem. — Enfim vos encontro! Eia, dizei-me, o que há de novo?

O padre fixou-o com olhar que queria dizer:

— Resignai-vos!

— Minha irmã? Minha pobre irmã? — soluçou magoado aquele coração de ferro.

— Morreu, filho — disse o padre, comovido — e Úrsula geme acurvada pela mais pungente e aflitiva dor.

Então duas lágrimas rolaram dos olhos de Fernando, que se esqueceu de si, imerso nesse sentimento, único que esclarecia a sua vida em todos os demais pontos tão negra. Abandonou as rédeas, e o seu cavalo seguia os passos tardos da mula do digno sacerdote.

E esse torpor doído durou muito, e ninguém ousava quebrar o silêncio, que era completo.

Então a corrida de rápida tornou-se vagarosa e pesada, e a lua já passeava bem alta nos campos do céu quando o comendador, ajudado por seus dois pajens, apeou-se à porta dessa casa silenciosa, cuja fachada melancólica demonstrava os grandes pesares de que o interior era testemunha atenta, posto que muda e impassível.

Enquanto o padre humildemente desmontava, os dois negros batiam à porta. O arruído alfim despertou a velha africana de seus pensamentos dolorosos e fê-la vir pressurosa ao reclamo, persuadida de que eram os dois cavaleiros e Úrsula que regressavam.

— Susana! — bradou Fernando assim que a viu.

— O senhor comendador! — murmurou a negra, recuando assustada.

Fernando entrou e dirigiu-se à sala, e depois de ter-se atirado sobre uma cadeira, e investigado com um olhar melancólico aqueles lugares que lhe recordavam a única afeição sincera que havia tido, chamou Susana.

Esta, aflita e angustiada, com os braços cruzados sobre o peito e a cabeça inclinada para o chão, acudiu ao seu chamado.

— Onde está Úrsula? — perguntou com voz alterada.

Susana estremeceu involuntariamente. Úrsula tinha saído à tarde e ainda ela a esperava com ânsia. Achá-la-ia Tancredo? Fugiriam juntos? O que lhe teria acontecido? Apesar de seus receios, respondeu com segurança:

— Saiu à tarde, meu senhor, e disse-me que ia orar ao cemitério.

— Úrsula saiu só e foi até Santa Cruz sem a companhia de alguém? — interrogou o comendador com sinistra incredulidade.

— Só, meu senhor — tornou a negra.

— Mentes! — bradou com voz de trovão.

Levantou-se com ímpeto, e como um tigre que se arremessa à presa, ia cair sobre a infeliz Susana quando o sacerdote, até então testemunha muda dessa cena, lhe disse:

— Prudência, filho! Por que vos encolerizais contra essa mísera velha? Mandai primeiro que tudo a Santa Cruz, e talvez lá seja possível encontrá-la. Sua dor era tão profunda que minhas consolações tornaram-se inúteis. Hoje ao amanhecer pediu-me que queria ficar só por algumas horas, e voltei a Santa Cruz, onde gastei algum tempo a esperar-vos; mas vendo que não chegáveis, e lembrando-me do penoso estado em que a tinha deixado, tomei a resolução de vir de novo trazer-lhe a palavra divina, único bálsamo para as chagas do coração. Este seu desaparecimento, confrontado com a desesperação em que estava, faz-me recear alguma desgraça.

Susana, erguendo ambas as mãos à altura da cabeça, bradou:

— Meu Deus! — e caiu sem acordo.

Fernando P. não lhe ouviu esta exclamação de desespero, porque já havia montado, e com seus dois pajens corria afanoso e desesperado a estrada que conduz a Santa Cruz. Os cavalos dispararam fogosos e rápidos com o aquilão, e sumiram-se com velocidade incrível.

A noite era já adiantada, e o galo, que cantara na fazenda de Santa Cruz e que ele ouvira ao longe, veio revelar-lhe que tinha soado a hora dos mistérios, a hora em que aquele, que medita em meio dos palmares ou sobre as ribas do mar, debaixo do nosso opulento e magnífico céu todo estrelado, enche o coração de maga poesia e de um sentir delicioso, que vai como nuvem de incenso desfazer-se puro aos pés do trono do monarca do universo. A hora alta e silenciosa da noite encerra mistérios tão profundos, que só os compreende a alma, que verga ao peso de uma dor íntima e incurável, ou o coração, que transborda de afetos que a vida inteira não pode resfriar. Para os demais a hora da meia-noite não tem significação. O comendador Fernando não estava nesse caso — amava, e a sua paixão era ardente e arrebatada como o seu vulcânico coração. Entrou corajosamente no cemitério, onde com terror o acompanharam seus dois pajens horripilados e trêmulos.

Todavia mais de um remorso lhe devia povoar a alma de terror à vista desse lugar onde dormiam Paulo B., Luiza e tantos outros, cujos dias ele tanto amargurara e cuja morte talvez pesasse sobre sua consciência.

Mas Fernando P. não era homem que parecesse ter remorsos: talvez o fogo de seu amor sufocasse em sua alma todos os outros sentimentos que porventura aí existissem.

Nesta ocasião, a lua era perpendicular ao topo da cruz, e a noite derramava sobre ela seu choro algente e triste.

A cruz estava úmida e orvalhada, e o musgo, que por ela distendia os braços, ostentava o brilhante esplendor de sua verdura, e a gota cristalina, que se filtrara do céu, esmaltava-o com celeste encanto.

O silêncio era tétrico e melancólico, e uma só ave noturna o não interrompia. Parece que toda a natureza o observava estupefata.

E Fernando P. percorreu essa morada da morte anelante e duvidoso, e não encontrou Úrsula.

— Susana! Hás de pagar-me! — bradou fora de si. — Não zombarás de mim impunemente. Ao inferno descerás, negra maldita, e todo o meu rigor não bastará para a tua punição. Foi debalde que tentastes iludir-me! O coração bem mo dizia que a não acharia aqui.

Tancredo! Infame!... Seus nomes enlaçados no tronco do jatobá, em que a vi a vez primeira, traiu-me o estado do seu coração. Ela o ama, já o sabia, mas o seu amor não poderá resistir ao meu ódio. Juro, mulher, que hás de ser minha esposa, ou o inferno nos receberá a ambos!

Tancredo! Tu não hás de rir de um rival desprezado. Não!

Blasfemando horridamente tinha chegado à porta de sua casa, desatinado e furioso.

— O feitor branco — gritou com voz medonha — chamem-me o feitor branco.

O serão ainda não havia acabado: o débil bruxulear de uma luz esmorecida no meio dessa vasta casa de trabalho indicava que aí ainda todos velavam, porque as tarefas não estavam acabadas.

O feitor apareceu com prontidão. Era um homem de mediana estatura, tez pálida e olhar melancólico. Ao entrar fez uma respeitosa cortesia ao comendador, que a não respondeu, e disse:

— Às vossas ordens, senhor comendador.

— Quero imediatamente dois negros, que irão voando à casa que foi de Paulo B. — parou, e com as mãos pareceu afastar de diante dos olhos uma sombra desagradável; mas foi um momento, recuperou sua feroz energia, e continuou:

— Que me tragam sem detença Susana. Ouvis, senhor? Que a tragam de rastos. Que a atem à cauda de um fogoso cavalo, e que o fustiguem sem piedade, e...

— Senhor comendador — observou o homem, que recebia as ordens — ela chegará morta.

— Morta?... Não, poupem-lhe um resto de vida, quero que fale, e demais reservo-lhe outro gênero de morte.

O homem mordeu os lábios de indignação e perguntou:

— Nada mais ordenais?

— Sim — tornou ele —, quero que dobre hoje o serão destes marotos. Ah! Esta cáfila de negros, só surrados, e...

— Mas, senhor comendador — interrompeu o feitor com acento apesar seu repreensivo, e indignado — é já meia-noite, os desgraçados ainda trabalham por acabar o serão, como, pois, é possível dobrar-se-lhes a tarefa?

— Oh, lá! — bradou Fernando e sorriu-se com horrível sarcasmo — Que tal? Quem manda nesta casa?

— Fartai-vos de atrocidades, já que sois um monstro — retrucou fora de si o feitor, fixando-o com um olhar de desprezo, que ele suportou — banhai-vos no sangue dos vossos semelhantes, juntai crimes horrendos a crimes imperdoáveis; mas não conteis mais doravante comigo para instrumento dessas ações, que revoltam ainda a um coração viciado e que só no vosso pode achar morada. Desde já contai-me despedido do vosso serviço.

— Miserável! — rugiu Fernando, sufocado pela cólera.

— Vou imediatamente avisar a velha Susana — disse consigo o feitor — e ainda será tempo de fugir. Saiu correndo a pegar o seu cavalo, mas à hora que tão generosamente se dirigia à casa de Luiza B., um sacerdote montado em uma mula acompanhava a preta Susana, conduzida por dois negros, e murmurava em voz inteligível estas palavras, salmo 138:

— Para onde me irei de vosso espírito? Ou para onde fugirei de vossa face?

Susana não vinha atada à cauda de um cavalo, caminhava com a fronte erguida, e com a tranquilidade do quem não teme, porque é justo.

— Foge, Susana! — bradou-lhe da orla da estrada uma voz forte; ela pareceu nada ouvir, e o padre continuou:

— Se subira ao céu, vós lá estais; se descera aos infernos, ali vos encontraria.

Então a voz tornou-se a ouvir, e um homem apareceu. Era o ex-feitor, e o padre e os negros o reconheceram.

— Foge, Susana!

— Fugir? Não, meu senhor. Não sabeis que estou inocente?

— Louca! — tornou ele. — Toma o meu cavalo e foge. Que importa àquela fera a tua inocência? Acaso não conheces o comendador?

Susana replicou-lhe com vivo reconhecimento:

— O céu vos pague tão generoso empenho, mas os que estão inocentes não fogem.

E o sacerdote prosseguia:

— Se tomasse as asas da alva, e habitasse no cabo do mar, até ali vossa mão me guiaria e vossa destra me sustentaria.

Susana levantou os olhos para o céu, e quando os abaixou, disse:

— Ide, meu filho! O céu vos abençoe.

O ex-feitor deu então de rédeas ao seu cavalo; deixou passar aquela vítima resignada de tão implacável cólera, e tocado pela sublime brandura daquela velha africana, lamentou profundamente a sorte mesquinha e horrível que lhe prepara o comendador, que em sua insânia parecia despenhar-se irremissivelmente nos abismos do inferno.

Prosseguiam na sua marcha.

Na casa do trabalho, muito mais frouxa lobrigava-se ainda a escassa luz de um lampião; os negros tinham recebido novas tarefas, empenhavam-se por acabá-las. Desgraçados! Não eram eles que trabalhavam por acabá-las — era o novo feitor, que com azorrague em punho ao som dos estalos os despertava. E já nem uma lágrima lhes vinha aos olhos, nem um queixume aos lábios — eram mudos; estorciam-se com a dor,[2] abriam os olhos, moviam-se maquinalmente para continuar o serviço, e logo recaíam naquela penosa prostração, que revela a extrema fadiga de um corpo que descai já para o túmulo, cansado de lutar em vão contra mil privações que o desgastaram e aniquilaram.

O dia não tardava muito a despontar quando Susana e o sacerdote descobriram, pasmados, a cena espantosa da dupla tarefa na fazenda de Santa Cruz.

— Deus esteja convosco, filho — disse brandamente o padre ao entrar.

Fernando P. passeava na varanda com um passo incerto e desigual.

— Mandei informar-me, meu padre, do caminho que seguiu a minha louca fugitiva, e em menos de dez minutos aguardo pela resposta. Os homens da minha guarda estão prontos e partirão ao primeiro sinal; as nossas cavalgaduras esperam-nos no pátio.

— E para que todo esse afã? — perguntou o sacerdote com estupefação.

— Para quê? Ainda me perguntais? Essa menina, senhor, a necessidade tornou-a minha pupila; e antes que o fosse, meu coração a havia escolhido para esposa!

— Ela? Úrsula? A vossa sobrinha! A filha...

2 No original, consta uma linha incompleta neste parágrafo. A falha não prejudica a leitura. (N. do E.)

— Basta! — bradou imperiosamente o comendador. — Susana, venha Susana.

Fernando P. pensara que o padre lhe ia lembrar seu crime e impôs-lhe silêncio.

Ao reclamo dois negros entraram conduzindo a velha, cujos cabelos alvejavam como o cume dos Andes e cujos olhos exprimiam sublime resignação.

Ao vê-la, o comendador rugiu como um tigre, os olhos injetaram-se de sangue e as artérias entumecidas ameaçavam arrebentar: seu semblante tornou-se roxo de ódio, e a fisionomia era medonha e horripilante.

— Para onde foi Úrsula? — interrogou com voz que horrorizava. — Para onde foi Úrsula? Fala ou prepara-te para morrer sob o azorrague.

— Não sei, meu senhor — respondeu humildemente a velha — disse-me que vinha orar ao cemitério.

— Não sabes dela? Queres arrostar comigo? — e os olhos desferiram chamas de raiva, que gelavam de terror.

— Foste sua cúmplice, hás de pagar-mo.

— Em nome do céu! — exclamou a mísera, atormentada por tão sinistras ameaças. — Que sei eu?

— Cala-te, atrevida, ou ao menos modifica o teu crime, revelando-me o nome do homem que me roubou.

— Ah, meu senhor... — tornou a mísera africana — ela saiu só.

— Pois bem! Confessarás à força de tormentos o que é feito dela e qual o nome do seu sedutor.

Julgas que o ignoro?

Tancredo! Rápido foi o teu regresso, mas hás de arrepender-se, assim como tu, velha louca e maldita!

Levem-na — disse acenando para os dois negros que a tinham conduzido — levem-na, e que ela confesse o seu crime.

— Filho — objetou o padre — filho, em nome do que nos há de julgar, não mandeis flagelar esta pobre velha; ela é inocente.

O comendador bramiu de cólera, e lançou-se sobre a pobre escrava.

— Confessa a tua cumplicidade, diz-me para onde foi ela ou apronta-te para morrer.

Susana havia dito a Tancredo que Úrsula lhe falara de um perigo iminente, se ele Tancredo retardasse mais o seu regresso, e que esse perigo criava-o o comendador; lembrava-se de que o moço partira imediatamente para o lugar por ela indicado, e onde devia estar Úrsula, persuadiu-se mesmo algumas vezes de que a moça, para escapar às perseguições de seu tio, se houvesse submetido à proteção do mancebo e fugido. Mas tudo isso não era mais do que suposição, e quando mesmo ela o soubesse com certeza, estava longe de querer denunciá-la a um homem que tão funesto era para quantos o conheciam.

Pediu a Deus que lhe pusesse um selo nos lábios, e o valor do mártir no coração.

— Então — tornou ele enfurecido. — Confessas ou não?

— Não sei, meu senhor! — replicou Susana.

— Não sabes quem seja o seu sedutor? Não o viste sair em sua companhia?

— A menina saiu só, eu a quis acompanhar, porque ela estava louca de aflição, mas disse-me: — Proíbo-te que venhas; deixa-me que vá rezar sobre a sepultura de minha mãe, e...

— Levem-na! — bradou o implacável comendador. — Mais tarde confessarás tudo.

— Meu filho — de novo começou o padre — o sangue do inocente condena ao inferno aquele que o derrama: esta mulher não é cúmplice na fuga de vossa desposada.

Um negro entrou correndo, e disse-lhe:

— Meu senhor, acabo de saber que a senhora, acompanhada de um cavalheiro branco e de outro, negro, tomou a estrada da cidade de ***.

Então um sorriso infernal lhe arregaçou o lábio superior, e seu rosto ficou hediondo.

— Levem-na! — tornou acenando para Susana. — Miserável! Pretendeste iludir-me... saberei vingar-me. Encerrem-na na mais úmida prisão desta casa, ponha-se-lhe corrente aos pés e à cintura, e a comida seja-lhe permitida quanto baste para que eu a encontre viva.

Susana ouviu tudo isto com a cabeça baixa; depois ergueu-a, fitou aos céus, onde a aurora começava a pintar-se, como se intentasse dar à luz seu derradeiro adeus, e de novo volvendo para o chão, exclamou:

— Paciência!

— Não há tempo a perder — disse Fernando, e entrou no seu gabinete, onde deu ordens que para logo se cumpriram. Dois homens, de hórridas fisionomias, foram introduzidos, e o que lhes disse o comendador só Deus e eles o puderam ouvir.

Não se passou muito tempo que não voltassem: eram ligeiros e vinham vestidos como talvez lhes tivesse ordenado o homem a quem serviam.

Tinham excelentes cavalgaduras. Trajavam calções de couro, e sobre suas selas descansavam enormes capotes de peles de onça. Da cinta pendiam-lhes enormes facas pontiagudas, e a esses horríveis instrumentos acompanhava um par de pistolas. Aos ombros levavam um medonho bacamarte.

O padre viu todo esse apresto execrando e aguardava ansioso pelo seu hóspede.

Não esperou muito.

— Meu padre, o dever obriga-me a partir.

Roubaram-me a filha de minha irmã; mancharam a honra da minha casa, assassinaram minha ventura!

— Meu padre — continuou depois de alguma pausa — essa menina era minha desposada, jurei que havia de ser seu esposo; pelo céu ou pelo inferno, sê-lo-ei ainda. Sim — prosseguiu espumando de ira — ei de ser seu esposo, porque não a tornarei a ver enquanto o sangue do seu raptor não tenha lavado, extinguido o ferrete da infâmia estampado em minha fronte.

— Jesus! Senhor meu Deus! — bradou o pobre padre. — Ainda é tempo de retroceder. Pelo céu, meu filho, não mancheis vossas mãos no sangue de vosso irmão! Filho, o assassino é maldito do Senhor; Caim o foi. Para o assassino não há na vida sossego, nem paz na morte. O sepulcro mesmo, quem sabe se lhe promete tranquilidade?

A vingança, filho, é um prazer amargo, e seu fruto é o requeimar do remorso em toda a existência, e até o último extremo, até a sepultura!

Fernando P. escutou-o; mas em suas veias agitava-se o sangue que lhe queimava o coração. Rangia os dentes, e os lábios lívidos e trêmulos exprimiam a impaciência e o furor, até que por último prorrompeu irado:

— Mentes, padre maldito! A vossa doutrina não a escutarei nunca. A vingança, desejo-a com ardor, afago-a. Não sabes que é a única esperança que me resta? Amor! Ventura! Tudo, tudo caiu no abismo. Eles o quiseram. Oh, não os hei de poupar!

O inferno? Haverá pior de que o que trago no coração? O inferno! O inferno me restituirá Úrsula pura da nódoa do amor de outrem, porque será lavado no sangue do homem por quem desprezou-me.

Sabes acaso o que é ser desdenhado pela mulher que amamos? Sabes o que é ser iludido, aviltado por aquela a quem déramos a vida, a honra, a alma se no-la pedisse?

— Filho — arriscou ainda o velho sacerdote — não desafieis a cólera do Senhor. O sangue de vosso irmão vos queimará a alma; e o amor, de que vos servirá então? Julgais que vos poderá ele afagar quando ante vós se erguer mudo e impassível o espectro ensanguentado de vossa vítima clamando: — És meu assassino?

Então embalde suplicareis o meigo auxílio do sono, que vossos olhos pasmados e fitos no medonho fantasma não se poderão cerrar.

Então ele erguerá a voz e exclamará com horrífico acento que vos resfriará os membros: — Maldição do Senhor sobre aquele que assassinou o homem que era seu irmão!

— Cala-te... cala-te, estúpido que és — rugiu o comendador — que me importa a mim a vingança dos mortos! Tancredo, Úrsula, não se hão de rir do homem a quem ludibriaram.

— Tancredo? — objetou o padre. — Que quereis dizer desse mancebo?

— É o sedutor de Úrsula.

— Ele? — replicou o homem de paz — É impossível!

— Ele — retrucou Fernando. — Amam-se, já o sabia, mas contava que o seu regresso seria alguma coisa mais demorado.

Sim, eu vi Úrsula, era uma tarde, um jatobá antigo como os séculos prestava-lhe doce sombra; no tronco dessa árvore gravava ela um nome, que me ocultou com o seu corpo; mais tarde, no dia imediato, todos os dias à mesma hora eu ia ao lugar indicado, ela jamais voltou a ele; mas seu nome e o nome de Tancredo entrelaçados aí estavam gravados para advertir-me que se amavam.

Oh! Maldita sejas tu, mulher infame, maldito o teu sedutor! De joelhos hás de pedir-me compaixão para esse que preferiste a mim, mas não hás de achá-la!

— Misericórdia, meu Deus! — bradou o padre erguendo as mãos ao céu.

— Silêncio! — exclamou Fernando, ardendo em ira, e aproximando-se, disse: — Sois meu prisioneiro. A justiça da terra não me estorvará a vingança, porque ninguém senão vós ousará denunciar-me.

— As... sas... si... no! — estupefato, disse o pobre sacerdote, e ficou estacado nesse lugar sem movimento, com os cabelos eriçados, os membros hirtos e os olhos parados, como se um raio o houvesse fulminado.

17. TÚLIO

ÚRSULA ESTAVA ASSALTADA de justos temores, ainda que menos penosos, porque julgava o convento asilo seguro. Contudo, ela pensava em Susana, e muitas vezes tremia com a ideia de que seu tio intentasse persegui-la, ou vingar nela a sua desaparição, e resolveu-se a escrever a Tancredo, pedindo que a mandasse vir.

A Fernando, porém, tardava por demais a hora da vingança; vigiava de parte a sua presa, seguia-lhe os passos e nutria de infernal esperança o coração ávido de sangue e vingança.

Na hediondez de seu ódio e de seu ciúme arrancava os cabelos, dilacerava o rosto e blasfemava contra Deus e os homens.

E essa hora tão ardentemente desejada chegou enfim, e ele afagou-a com medonho sorriso. Era um dia belo como a suprema felicidade, esse da vingança para um coração que só se aprazia no ódio.

Tancredo, todo entregue às doçuras de um amor que lhe fazia esquecer as dores com que outra mulher por tanto tempo lhe havia ulcerado o coração, nem uma ideia vaga lhe perpassava pela mente da surda e atroz vingança que o comendador lhe preparava.

Julgava-o resignado, e escondido no fundo de sua fazenda, amaldiçoando-lhe a ventura ou sonhando ilusões fagueiras de que Úrsula, mais tarde, medrosa de o ter desdenhado, fosse correndo implorar-lhe perdão.

Nesse pressuposto estava Tancredo, que, já esquecido mesmo dos tristes precedentes da sua vida, porque acabava de ver Úrsula, esse anjo de paz que lhe sorria, chamou o seu fiel Túlio para encarregá-lo de algumas ordens, que só por ele seriam bem desempenhadas. Mas Túlio não apareceu.

Era o dia destinado para celebrar-se no convento de *** a cerimônia do seu casamento, e por isso a desaparição de Túlio assaz o surpreendeu.

Entretanto a noite começava a povoar de sombras o espaço da terra.

A demora de Túlio indo a mais, Tancredo passou da surpresa à inquietação, e uma ideia terrível lhe atravessou a mente. Mas tratou de repelir tão funesto pensamento que lhe voltava sempre, e cada vez tomando maiores proporções de realidade.

Então procurou informações sobre o comendador, ninguém lhe soube dar, e antes suspeitavam todos que estivesse em Santa Cruz.

Depois de fazer em vão procurar por Túlio, aflito por um acontecimento aliás tão estranho, Tancredo, acompanhado de alguns de seus amigos, seguiu para o convento de ***, onde devia receber aos pés do altar a mulher de suas adorações.

A noite ia já adiantada quando eles franquearam a porta do santuário. Os círios, que iluminavam o trono do Senhor de misericórdia e de bondade, os sinos, que tocavam alegremente no alto da torre, as flores, que juncavam o pavimento da igreja, não distraíram a Tancredo de seus tristes pressentimentos acerca da desaparição de Túlio, e o coração gemia de angústia. Ele então indagando a si mesmo, achava estranho o sentimento penível que lhe nascia na alma, porém embalde tentava recobrar a serenidade de ânimo. Túlio figurava-se em perigo iminente, e toda a felicidade que o aguardava não lhe apagava esse crescente desassossego; porque essa felicidade começava a parecer-lhe que mais tarde se tornaria amarga. Mas esse estado de angústia e pesar desapareceu com a presença de Úrsula, bela e ridente, e que tão meigamente lhe sorria.

Vinha acompanhada das jovens religiosas, que já a amavam: no meio dessas virgens consagradas ao Senhor era como uma rosa entre açucenas. Trajava simples vestido de seda preta, e mimosas pérolas ornavam-lhe o colo de neve, brandamente agitado pelo voluptuoso arfar do peito. A fronte altiva, e jaspeada agrinaldava-a uma capela de odoríferas flores de laranja, e o véu de castidade flutuava-lhe sobre os ombros nus e bem contornados, e encobria-lhe os negros e aveludados cabelos.

Assim era ela mais formosa do que nunca, e Tancredo, vendo-a tão radiante de mocidade e de amor, olvidou suas penosas inquietações para só rever-se nela, para render-lhe um culto de apaixonada veneração.

E ela lhe sorriu com um sorriso que transportou-o de felicidade, e esse sorriso feiticeiro e angélico arrancou-lhe do fundo da alma o orgulho feminil — era como a lembrança de que seu amor apagara ainda mesmo as cinzas do de Adelaide.

O cântico das virgens, tão solene e tão santo, começou, e suas notas melodiosas confundiram-se com os acentos ternos e acordes do órgão: os círios projetavam uma luz vívida, que se derramava em ondas por todo o santuário e iluminava esse quadro de felicidade.

E o cântico das virgens do Senhor e a melodia do órgão se lhe internavam pelo coração, e pareciam-lhe um coro de anjos nas moradas celestiais.

A benção do sacerdote unia-os para sempre, e o incenso ondulava em torno do altar.

Por fim cessaram a música e os cânticos, e as felicitações sinceras dos amigos acolheram a Úrsula e a Tancredo: o ato religioso do casamento estava consumado. Seus corações transbordavam de prazer, o universo não bastava para conter seus corações.

No meio de sua extrema ventura, veio assaltar a Tancredo a ideia da desaparição de Túlio. Não podia esquecer o seu fiel companheiro que ali não estava para também congratulá-lo. Uma nuvem de amargura e tristeza veio por mais de uma vez perturbar-lhe o coração e angustiá-lo.

Pobre Túlio! Bem se havia ele esforçado por estar junto ao seu amigo, mas como?

Pelo cair da tarde esse fiel negro passava descuidadamente por uma esguia e tortuosa travessa, a essa hora completamente deserta, quando de repente ante si viu dois homens de fisionomias sinistras e que, engatilhando as pistolas e pondo-as ao peito, disseram acenando-lhe para a porta de um casebre insignificante e velho que lhes ficava fronteiro:

— Entra aqui: e se gritares, morres.

O jovem negro olhou em cheio esses dois homens que tão bruscamente o acometiam, e conquanto não fosse medroso, estremeceu involuntariamente.

Túlio lembrou-se do comendador, e julgou-se perdido. Imaginou nesse momento extremo mil meios de seduzi-los, ou de fugir-lhes; tudo foi inútil, porque a esses homens tão versados no crime era impossível enganar ou comover: resignou-se, pois, e obedeceu.

Entrou em um corredor escuro e úmido, como uma sepultura, e a porta fechou-se sobre eles.

— Que intentais de mim? — interrogou Túlio com voz firme.

— Mais tarde o saberás — respondeu-lhe um dos dois com um sorriso frio e afrontoso.

E esse mesmo homem tocou com as pontas dos dedos em uma porta lateral. Esta abriu-se como por encanto, devassando um quarto quase tão úmido e escuro como o lugar onde se achavam.

Já não havia a claridade do dia, e a luz de uma vela a não substituíra ainda.

— Acompanha-nos! — disseram ambos com voz que revelava fria crueldade.

Túlio recuou no limiar da porta, porque no meio desse quarto Fernando P. passeava.

— Entra, covarde! — tornaram ambos — Túlio obedeceu.

O comendador cruzava o quarto com passos desordenados. Pálido como um espectro, com os cabelos eriçados, os lábios convulsos e contraídos, as comissuras dos lábios espumantes, pintava-se no todo a desesperação, o ódio infame e a vingança não satisfeita.

Era Otelo no seu ciúme, Satanás expulso do céu e ferido no orgulho.

Parecia nada ter visto nem ouvido do que se passava em torno de si, porque continuou no seu passeio insano malgrado o ranger sinistro dessa porta, que gemeu nos gonzos como o sibilar da serpente.

Cruzou o quarto ainda por muitas vezes, depois, estendendo a mão para os seus dois sicários, acenou-lhes para a porta.

Esta ordem muda foi prontamente cumprida. Os sicários saíram — a porta tornou-se a fechar.

— Queres tu servir-me? — perguntou o comendador com um tom seco e breve.

Túlio conheceu que estava perdido, mas recobrando toda a sua energia, como sucede sempre ao homem nos lances apertados da existência, respondeu sem hesitar:

— Dizei, meu senhor, o que determinais ao vosso escravo?

— Dize-me, onde está Tancredo?

Como se fora um ferro na brasa, esse nome pareceu requeimar-lhe os lábios, que tingiram-se de uma cor lívida e tremeram convulsos.

— Creio que está em sua casa — redarguiu o negro sem perturbar-se.

— Mentes! — gritou-lhe o comendador, devorando-o com horrível olhar. — Mentes! Parvos! Julgam que o meu ódio os não segue como as suas próprias sombras!

E tu, vil escravo! Pretendes iludir-me?! Sim, demais me tarda a hora da vingança!... Úrsula, encerrada no convento de *** aguarda hoje pela cerimônia que a vai unir para sempre ao homem da sua escolha, ao homem por quem desprezou meu amor, e até meu ódio! Oh, juro-lhe pelo inferno que o sorriso de sonhadas delícias que sorriem sobre a minha desesperação apagará de seus lábios minha justa e completa vingança. Tancredo! Hoje mesmo o anjo pálido da morte te dará o beijo de idolatrada esposa, e a terra úmida do sepulcro cerrará sobre ti as brancas cortinas do leito nupcial.

— Introduz-me no seu quarto, Túlio — continuou delirante — quero matar esse homem antes que seja o esposo de Úrsula! Eu te cumularei de favores; dar-te-ei metade da minha fortuna se ma pedires.

— Senhor! — exclamou Túlio, aceso em legítima cólera. — Que ação tão vil pratiquei eu algum dia que possa merecer-vos semelhante conceito?

— Estás louco, imbecil? Não vês que peço quando podia mandar?

— Covarde! — bradou Túlio, esquecendo a pessoa com quem falava e quanto essa palavra insultuosa o podia perder. — Matai-me muito embora, estou em vosso poder, mas não me insulteis! Não, nunca espereis que proteja o assassino, mormente contra aquele que me arrancou da escravidão!

— Cala-te! — interrompeu o comendador, roxo de ira. — Esqueces-te acaso de quem sou? — fechou os punhos, e dos lábios gotejou-lhe sangue; rugiu como uma onça e arremessou-se sobre o negro.

Túlio aliás aguardava imóvel esse último esforço da desesperação, mas a Fernando caíram os braços inertes, e por um segundo ficou absorto e contemplativo, como se ante si estivera um espectro: depois tocou a campainha, e esperou.

O relógio deu oito badaladas. Era noite. Os dois homens apareceram.

— Entreguem-no à guarda de Antero. Sua cabeça responder-me-á por qualquer eventualidade.

18. A DEDICAÇÃO

ANTERO ERA UM ESCRAVO VELHO, que guardava a casa, e cujo maior defeito era a afeição que tinha a todas as bebidas alcoolizadas.

Em presença dos dois homens de má catadura e feições horrendas, ele mostrou-se rígido e atirou com o prisioneiro para um quarto úmido e nauseabundo e mostrou interessar-se vivamente em cumprir as ordens que recebera. Depois colocou-se à porta, qual fiel cão de fila a quem o dono deixou de guarda a sua propriedade ameaçada por ladrões.

Túlio, entretanto, debatia-se de desesperação encerrado nesse quarto, do qual se não poderia escapar sem cometer um crime, que repugnava-lhe o coração. Impaciente, receoso pela sua sorte, e ainda mais pela de seu benfeitor, contava os minutos e amaldiçoava a mão que assim o retinha.

Curvou a fronte em uma de suas mãos, e descansando o cotovelo sobre a coxa, mergulhou-se em seus pesares e deixou-se levar por eles. A tristeza e o abatimento que se debuxavam naquele rosto nobre contristaram ao seu guarda, que atento o considerava.

— Coitado! — dizia ele lá consigo. — Sua pobre mãe acabou sob os tratos de meu senhor. E ele, sabe Deus que sorte o aguarda! Pobre Túlio...

E o prisioneiro, ora abatido, ora desesperado, entrou a soluçar, e a desafogar por esse modo as dores que lhe assoberbavam o peito. Depois ergueu-se e entrou a passear pela estreita prisão, ora com passos rápidos e incertos, ora com andar frouxo, aflito e desalentado.

Soaram nove horas. Túlio deu um gemido de desesperação.

Antero, que também sofria, quis distraí-lo de seus pensamentos dolorosos, e murmurou:

— Meu filho, não achas que a noite assim vai tão lenta e fastidiosa?

Túlio não respondeu. Pensava então que Tancredo partira já a receber sua noiva, e que apenas saísse da cidade estaria a braços com os seus assassinos.

— Ah — dizia ele estorcendo as mãos — e eu aqui guardado para o não defender!

O velho esteve por algum tempo recolhido em si mesmo; depois levantou-se, pegou de uma cuia e tratou de lançar-lhe dentro o que quer que era que estava em uma cabaça. Mas esta estava completamente vazia. Antero arremessou-a para longe de si com certo ar de desprezo, suspirou, e depois disse:

— Maldito vicio é este! E que não possa eu vencer semelhante desejo!

Oh, acredita-me, Túlio, estala-me a garganta de secura. E como não há de assim ser? Desde que aqui chegou meu senhor que não mato o bicho. Arre! E nem uma pinga de cachaça! Nem ao menos uma isca de fumo sequer para o cachimbo.

Então passou pela mente do mísero prisioneiro um lampejo de esperança; respirou com indizível satisfação, mas com arte objetou, afetando repreensivo acento:

— Que mau vício em verdade, pai Antero... Sempre a fumar e a beber. Não vos envergonhais de semelhante procedimento? Que conceito fará de vós o senhor comendador?

— Que conceito? — interrogou o velho, desapontado. — Que conceito! É o único vício que tenho; e ainda por conservá-lo não prejudiquei a ninguém. Que te importa que beba — acrescentou com voz que queria dizer: "não tens coração". — Porventura pedi-te algum dinheiro para fumo ou cachaça?

— e dizendo afagava a cabaça vazia com um desvelo todo paternal, como que arrependido de tê-la desprezado, a ela, a sua companheira constante.

— Não — respondeu friamente Túlio.

— Pois bem — continuou o velho — no meu tempo bebia muitas vezes; embriagava-me, e ninguém me lançava isso em rosto; porque para sustentar meu vício não me faltavam meios. Trabalhava, e trabalhava muito, o dinheiro era meu, não o esmolei. Entendes?

— Perfeitamente — retorquiu Túlio, fingindo sorrir-se.

— Pois ouça-me, senhor conselheiro: na minha terra há um dia em cada semana que se dedica à festa do fetiche, e nesse dia, como não se trabalha, a gente diverte-se, brinca e bebe. Oh, lá então é vinho de palmeira mil vezes melhor do que cachaça, e ainda que tiquira.

— Então, pai Antero, gostais assim tão loucamente de matar esse imortal bicho?

— Oh, se gosto! — exclamou o velho africano lambendo os beiços só de esperança.

— Pois bem — tornou o jovem negro, metendo-lhe nas mãos tanto dinheiro quanto era bastante para Antero embriagar-se dez vezes pelo menos — tomai, e ide saciar à farta essa maldita sede.

O velho arregalou os olhos, e o prazer transbordou-lhe pelas feições ridentes; tomou a cabaça e saiu correndo, mas não sem ter fechado sobre si a porta da prisão.

Então Túlio olhou em derredor de si a assegurar-se da situação e dos meios de fuga, e viu nesse quarto horrível troncos, correntes, cepos, anginhos, que se cruzavam. Aí, quantos desgraçados não tinham no meio das torturas amaldiçoado como Jó o dia do seu nascimento? Quantas lágrimas não teriam regado aqueles instrumentos de suplício?

— Ah, se eu sempre tivesse destes bons prisioneiros! — exclamou contente e batendo as palmas o bom Antero, que voltava já bastante alegre, e que não satisfeito com a dose que engolira, de novo beijava ternamente sua querida cabaça, agora cheia da bebida de sua predileção.

— Deus lhe pague, meu filho, e te dê uma boa sorte. — e daí arremessava-se a sua amante, e já os beijos eram tão repetidos que pareciam um só e contínuo.

Contava já o incansável Túlio com a possibilidade de escapar-se, porque o silêncio que reinava na casa o advertia da ausência do comendador.

Dez horas ecoaram aos seus ouvidos. Túlio estava sobre espinhos.

— Dez horas! — murmurou. — Que silêncio! Parece-me, pai Antero, que o mundo inteiro dorme; pelo menos nesta casa aposto que só nós estamos acordados.

— Adivinhaste — resmungou o velho com a língua tão pesada que parecia um moribundo — porque se não fôramos nós, ela estaria completamente deserta.

— Deserta?! — perguntou Túlio, tremendo em face de uma coisa que ele adivinhara já. — E então aonde foi o comendador?

Antero bebia freneticamente, esquecendo destarte o bárbaro rigor de Fernando P.; e por isso já meio dormindo apenas respondeu:

— Achei a porta fechada... por fora...

— E por onde então saíste? — perguntou Túlio, sacudindo-o. — Falai.

— Ah! — balbuciou a custo abrindo os olhos.

— Por onde saíste, se achaste a porta fechada por fora?

Pai Antero fez um esforço, e resmoneou:

— Pelo quintal.

Não pôde mais falar, e caiu em profundo sono, entrecortado só por uma respiração forte e estrepitosa. Então Túlio arrastou-o pelas pernas, e o foi levando até um tronco que se unia à parede, e lá, depois de o ter bem seguro, tirou-lhe da algibeira a chave da prisão e saiu.

O negro previra a explosão de cólera do comendador quando, de volta de sua traidora emboscada, e reclamando o preso, só encontrasse Antero embriagado, a prisão aberta e a sua vítima fora do alcance de sua ira. Naturalmente o comendador, vendo Antero preso no tronco, acreditaria que se dera uma luta entre ele e o prisioneiro, e que aquele, velho e sem forças, fora subjugado e preso, e que assim tolhido e sem socorro algum, vira-lhe a fuga, sem poder sequer opor-lhe a menor resistência.

Túlio não se enganou — o seu estratagema salvou o velho escravo.

Livre, Túlio deitou a correr em direitura da casa, tendo só na mente salvar a seu benfeitor e amigo.

Estava esbaforido, e mal entrou, sabendo que Tancredo há muito que saíra acompanhado das testemunhas, partiu sem respirar pela estrada que levava ao convento.

— Meu Deus! — dizia ele consigo. — Será ainda tempo? Poupai-o, Senhor, livrai-o de seus inimigos.

E, finda esta breve súplica, a esperança, que começava a abandoná-lo, voltou-lhe risonha e vigorosa.

Já lhe faltava o fôlego, já as pernas se lhe afracavam de cansaço, e ele corria sempre veloz como o fuzilar de um relâmpago, como o servo que o caçador persegue.

No meio da sua carreira avistou um homem montado em uma mula, que caminhava a passos lentos.

O jovem negro conheceu-o e respirou.

— Louvemos ao Senhor Deus! — disse. E acrescentou: — Senhor, vindes do convento de ***?

— Sim. Acabo de fazer aí um casamento — redarguiu o retardatário viajante, que era um sacerdote.

— E os noivos, senhor?

— Deixei-os na igreja, filho.

Túlio deixou o padre e de novo começou a correr, e não tardou muito em descobrir as negras paredes do templo, onde uma lua minguada projetava tíbia claridade.

E Túlio avistou um coche cujos cavalos, mordendo o freio, iam já partir para a cidade.

Depois ouviu pronunciar-se um adeus, logo depois outro, e o coche partiu a trote largo. Outro coche, porém, estava ainda postado à porta da igreja.

Faltavam-lhe já forças, estava aniquilado de cansaço, entretanto corria sempre, porque o coche que passou não era o dos noivos, e ainda talvez fosse tempo de salvá-los.

Na sua carreira pressentiu um vago rumor à beira da estrada, e um vulto negro que se escondeu atrás de uma árvore copada. Uma tal aparição veio dar-lhe novas forças, e a suspeita fê-lo ativar a sua carreira.

— São eles! — disse a si mesmo, e no ardor da sua dedicação gritou com voz que repercutiu na solidão.

— Cilada, senhor! Querem assassi...

Dois tiros de pistola disparados ao mesmo tempo ressoaram com pavoroso estampido, e Túlio não acabou a palavra!

A mão que os disparou era certeira, e ele, moribundo, só pôde exclamar:

— Jesus! Eu mor... ro...

Então Tancredo e sua jovem esposa, que acabavam de entrar no coche, tremeram de dor e de surpresa. Reconheceram que a voz era a de Túlio, que lhes advertia na íntima desesperação da sua alma.

E Tancredo bradou desatinado:

— É ele, é o meu fiel Túlio! Monstros, por que o assassinaram? — e deu um passo para ir socorrê-lo, mas Úrsula puxou-o pelo braço, dizendo-lhe:

— Não ouvistes o seu aviso? Ah, Tancredo, querem assassinar-vos! — e cobriu-o com seus níveos braços.

E um tropel como de lobos, que, devorados pela fome, uivam medonhamente, aproximou-se do coche; e o grito do postilhão denunciou-lhes que estavam cercados por essas feras humanas mil vezes mais temíveis do que os chacais e as hienas.

Tancredo reconheceu o perigo iminente que o cercava e, abrindo a portinhola, fez fogo com as suas pistolas. A primeira errou a pontaria, a segunda feriu de leve a um homem vestido de luto. Nesse homem Tancredo reconheceu o comendador.

— Úrsula tinha razão! — disse ele consigo. — Eu é que me perco sem a poder salvar!...

E Fernando P., furioso e com ímpeto subiu ao coche, e apareceu a suas vítimas sinistro e ameaçador como o anjo deve-o ser no dia do supremo julgamento.

Feroz e hórrido sorriso arregaçava-lhe os lábios, que resfolegavam o ódio e o crime. Assim deviam sorrir-se Nero, Heliogábalo e Sila nas suas saturnais de sangue.

— Poupai-o, senhor. Ah, pelo céu, poupai-o! — exclamou Úrsula, aflita e pálida, caindo aos pés desse homem desapiedado.

E por um esforço sublime, que só a mulher — ente feito para a dedicação e o amor — pode conceber, disse-lhe, apresentando-lhe o peito:

— Ofendi-vos, senhor, vingai-vos — eis-me, não me poupeis: mas ele? Oh, não o assassineis! Oh, não tem culpa de que o ame mais que a vida...

E caiu prostrada aos pés de Fernando, que semelhante à hiena, que meneia a cauda e lambe os beiços porque a presa lhe não escapará, olhava-a sorrindo de ferocidade.

Estava agora face a face com Tancredo, que, desarmado, só podia esperar a morte fria e cruel que lhe preparava seu implacável inimigo.

E vendo a esposa desmaiada aos pés do comendador, abaixou-se, e tomou-a em seus braços.

E essa beleza, adormecida e pálida como o lírio do vale, parecia sorrir-lhe com celeste meiguice, e o jovem esposo, transportado de amor e de aflição, imprimiu nesses lábios de voluptuosa perfeição um beijo ardente com que parecia ir-lhe a vida — era o seu último adeus.

Ao contato desses lábios amados, ela abriu seus grandes olhos alquebrados pela dor, e com um olhar que exprimia a mais singular e indefinível ternura, pareceu dizer-lhe:

— Amo-te!

Depois esses dois astros de amor, que guiavam ainda no perigo ou nas trevas da desesperação ao infeliz mancebo, recaíram em seu lânguido torpor.

Esse beijo foi a expressão profunda de tão sublime amor: foi o primeiro, o casto e puro ósculo de amor, que o comendador jurou ser o derradeiro.

Esse ósculo pareceu-lhe insultuosa ofensa: rangeu os dentes de raiva, e arremessando-se contra o seu odioso rival, arrancou-o com a força do ódio dos braços de sua jovem esposa.

— Vingança! — bradou. — Vingança! É a hora da vingança. Julgavas que eu a tinha esquecido? Louco! Não sabes que a essa mulher que amaste eu dei a alma e o coração, e que jurei que há de ser minha?

Roubaste-ma, e envileceste-a a meus olhos! Cuspis-te-me na face e nodoaste-a com o teu amor impuro! Poluíste-a com o teu hálito... Tancredo, esse ósculo trespassou-me o coração de ciúme. Só o teu sangue poderá purificá-la ante mim, que jurei esposá-la. Prepara-te para morrer!

— Covarde!... Miserável assassino — exclamou o mancebo atirando-se sobre o seu adversário. — Respeita ao menos a pureza de Úrsula, não calunies a sua inocência.

Luta desesperada travou-se entre ambos. Os asseclas do comendador agarraram Tancredo pelas costas, e o covarde comendador embebeu-lhe no peito o punhal que trazia na mão.

— Mataste-me! — exclamou o infeliz Tancredo. — Farta-te de sangue, fera indômita e cruel! Mas eu te juro à hora suprema da minha existência que Úrsula não será tua esposa.

Fernando P., essa menina que jaz desfalecida ama-me muito para poder esquecer-me; e odeia-te demais para poder perdoar-te. O teu amor será a punição do teu crime.

Entretanto Fernando, vitorioso e triunfante, uivava de feroz alegria, e vociferou rangendo os dentes:

— Mentes! Mentes! Olha-a pela derradeira vez; não é ela formosa como um anjo? Não é assim? Achei-a também, amei-a, rendi-lhe um culto de louca adoração, e agora é minha. Amaste-a, Tancredo? Amou-te ela? Oh, há de amar-me também, quando tuas cinzas já frias no sepulcro lhe não recordarem tua passada ternura.

E o infeliz Tancredo, no último transe de sua íntima agonia, estendeu os braços e exclamou com delírio amoroso:

— Úrsula! Minha Úrsula!

Então a donzela despertou de seu dorido letargo, abriu os olhos, e num excesso de amor apaixonado, e de uma dor íntima, lançou-se sobre seu desditoso esposo, e unindo-o ao coração, recebeu-lhe o derradeiro suspiro.

Um mar de sangue tingiu-lhe as mãos e os puros seios. Tinha os olhos fixos e pasmados sobre o doloroso espetáculo, e, entretanto, parecia nada ver; estava absorta em sua dor suprema, muda e impassível em presença de tão monstruosa desgraça.

O seu sofrimento era horrível, e profundo, e o que se passava de amargo e pungente naquela alma cândida e meiga foi bastante para perturbar-lhe a razão.

19. O DESPERTAR

O AMOR QUE SE NUTRE no coração do homem generoso é puro e nobre, leal e santo, profundo e imenso, e capaz de quanta virtude o mundo pode conhecer, de quanta dedicação se possa conceber. Ele o eleva acima de si próprio, e as suas ações são o perfume embriagador desse sentimento, que o anima: mas o amor no peito do homem feroz e concupiscente é uma paixão funesta, que conduz ao crime, que lhe mata a alma e a despenha no inferno.

Tal era o amor que abrasava a alma indômita e malvada de Fernando P. O amor perdera-o. Ele já não sonhava com a vingança, mas começava a sentir alguma coisa que lhe rasgava o coração. Seriam os espinhos do remorso?

Fernando até ali sopitara esse castigo do céu, e nunca seu sono fora atribulado. Entretanto agora, cada sombra era um espectro pavoroso e ameaçador que lhe erguia os braços descarnados e acenava-lhe para as feridas gotejantes — e ele fechava os olhos e via-o ainda, e sempre, e por toda a parte.

Então corria espavorido e louco, como se pretendesse fugir a si mesmo para escapar a tão pungente martírio, mas embalde porque a sombra de sua vítima o seguia impassível.

Após a noite da horrível catástrofe, tinham-se sucedido já duas, e a tranquilidade não voltara ao espírito do comendador. Em todo esse tempo não pudera conciliar o sono um só momento, porque o sono foge àquele que perdeu a paz de espírito. E para serenar a tempestade da sua alma lembrou-se de Úrsula, por quem empreendera esses novos e horrendos crimes, e tentou vê-la. De há muito que já se esforçava por ir ver aquele anjo de candura e beleza, mas o ânimo lhe faltava com a lembrança de que ela lhe lançaria em rosto os seus crimes. Por último, vencendo sua pusilanimidade, correu desvairado ao seu quarto.

Úrsula tinha os olhos cerrados; dormia o sono agitado do febricitante. As horas, que se escoavam já tão longas, os desvelos de que a cercavam, nem a dor, que lhe despedaçava a alma, tinham-na arrancado a esse doloroso torpor.

Então Fernando P. ajoelhou ante esse anjo, olhou-a extasiado, sem atrever-se a tocá-la ou a chamar pelo seu nome. Temeu despertá-la.

Nessa atitude passou ele muitas horas sem que Úrsula voltasse a si. Um assomo de cólera concentrada enuviou a fronte pálida desse homem feroz, e prorrompeu blasfemando:

— Maldição! Mil vezes o mataria, se mil vidas o inferno lhe tivesse dado.

E Úrsula continuou o seu letargo agitado, e ele recaiu na adoração íntima e silenciosa em que estivera.

Mas o fantasma aí veio persegui-lo; ele fechou os olhos, depois abriu-os para fitá-los sobre a donzela adormecida, e estremeceu.

A presença dessa menina era um remorso vivo para o seu coração; seus olhos cerrados, seus lábios entreabertos, sua respiração curta e anelante, pareciam repetir-lhe:

— Assassino!

O comendador tentou espancar do espírito essa ideia, que lhe voltava incessante, e ele caiu em dolorosa prostração, que excitaria dó em quem não soubesse os seus nefandos crimes.

Úrsula estremeceu no leito, torceu os braços com desesperação, lançou-os fora da cama e deixou-os depois cair sobre o peito.

O comendador gemeu de dor e atreveu-se a exclamar:

— Úrsula!

Sua voz era tremula, e o som fraco e doloroso.

Ao som dessa voz, que lhe despertava tão agudas dores, a moça debateu-se no leito, e convulsa, pálida e angustiada, levantou-se com impetuosidade. Abriu os olhos e dilatou-os sobre Fernando P., sempre ajoelhado a seus pés, e soltou um grito que o fez estremecer de angústia.

Depois levou ambas as mãos aos olhos, e um soluçar doído e magoado parecia despedaçar-lhe o aflito peito.

Então esse homem endurecido e cruel vergou ao peso de tão enorme remorso... Fernando P. pela vez primeira compreendeu o que era a dor no coração de outrem! Gemeu de aflitiva angústia ante o supremo sofrimento da mulher que amava, e invocou-a com ternura.

— Úrsula! Oh, quanto te hei amado! Puderas tu compreender a extensão dos meus afetos, e eu não sentira agora envenenarem-me a alma a desesperação e o remorso.

Desdenhaste o amor do meu coração... Por quê? Não era ele puro como a tua alma?

Donzela! Se te dignasses lançar a vista sobre o meu sofrimento, talvez te apiedasses de mim e acreditasses na minha afeição; porque muito hei sofrido, Úrsula, muito...

Desde o dia fatal em que te vi na mata, esqueci o meu orgulho, e uma ardente e inextinguível paixão me abrasou a alma. Nesse dia eu jurei pelo céu ou pelo inferno que serias minha esposa. Perdoa, Úrsula!... Nesse dia, ainda eu era orgulhoso. Hoje peço-te suplicante: negar-me-ás?

Úrsula, em nome do céu, uma só palavra, ainda que essa seja para amaldiçoar-me...

E dizendo rojava-se pelo chão, e beijava-lhe a fímbria de seu vestido.

Então ela desvendou os olhos e pôs-se a contemplá-lo, muda e impassível como se nada a inquietasse; e depois de alguns momentos levantou-se, deu alguns passos vagarosos e incertos, e voltando-se para Fernando, que a seguia com a vista e o coração, deixou escapar um sorriso descomposto, que o gelou de neve.

E Fernando P. conheceu que estava punido! Varreram-se suas afagadoras esperanças. Nesses olhos espantados e brilhantes, nesse andar incerto e nesse sorriso descomunal reconhecera que estava louca!

Tão doída foi-lhe essa triste convicção, que a cabeça pendeu-lhe para a terra, e ficou prostrado como se um raio o tivesse ferido. E as esperanças tão queridas do seu coração mirraram-se e extinguiram-se.

Passou algum tempo nessa posição, e depois esse homem robusto, altivo, feroz e colérico chorou como débil criança.

Mas seu desespero, seu pranto de amargura, não os compreendia Úrsula, que, distraída, brincava com as flores já murchas de sua capela de noiva.

Então o comendador saiu correndo, porque a presença dessa mulher matava-o.

Na sua desesperação ninguém o consolava, porque era mau e cruel para os que o conheciam.

Seus escravos olhavam-no com pasmo, e não o reconheciam. O remorso o havia completamente desfigurado.

20. A LOUCA

BRILHAVAM AINDA NO OCASO os últimos raios do sol. A parda tarde embelezava a natureza com essas melancólicas cores, que trazem ao coração do homem a saudade e a tristeza.

Sentado em um banco do seu jardim, o comendador Fernando P. não via, nem curava de toda essa beleza arrebatadora, que inebria os sentidos e eleva a alma até Deus. A essa hora mágica em que a flor singela e sedutora escuta enlevada o suspiroso segredo da brisa, que a festeja; em que o colibri furtando-lhe um mimoso e feiticeiro beijo adeja e sussurra-lhe em volta; em que lá no bosque o vento suspira harmonioso, e os cantores das selvas soltam seu trinar melodioso e terno; em que o mar na praia é pacífico e manso, e perde a altivez com que bramia; em que a virgem entregue a um vago, indefinível e mágico cismar recende mais casto, mais enlevador perfume, como o aroma de uma flor celeste; a essa hora mesma Fernando P., aguilhoado pelos remorsos, só via hórridos fantasmas, que o cercavam.

No rosto pálido e desfeito as lágrimas escavavam-lhe profundos sulcos; os olhos encovados, vermelhos e pisados denunciavam a insônia febricitante. Já não era o mesmo, senão no seu amor e na sua desesperação.

A dor enrugou-lhe as faces, os remorsos alvejaram-lhe os cabelos. Tão poucos dias de aflição transformaram-no em um velho fraco e abatido.

Faltavam-lhe forças para ver Úrsula; as noites e os dias inteiros passava-os aí, ora correndo louco por baixo dessas copadas e seculares árvores, ora rojando-se por terra, arrancando os cabelos e blasfemando horrivelmente de Deus e dos homens.

Aí, a essa hora mágica do crepúsculo, estava ele, como de costume só, e todo entregue a seus pungentes sofrimentos, quando a branda, mas repreensiva voz de um homem o sobressaltou.

Era o velho sacerdote.

— Vedes? — lhe disse apontando com o dedo na direção do poente. — É ela, é Susana!

O comendador levantou maquinalmente a cabeça e olhou.

Em uma rede velha levavam dois pretos um cadáver envolto em grosseira e exígua mortalha; iam-no sepultar.

Então Fernando P. estremeceu, porque aos ouvidos ecoou-lhe uma voz tremenda e horrível que o gelou de medo. Era o remorso pungente e agudo, que sem tréguas nem pausa acicalava o seu coração fibra por fibra.

Escondeu o rosto, espavorido, e meneando a cabeça disse:

— Não! Não fui eu!

— Fostes! — tornou-lhe o padre com o acento do que vai julgar. — A infeliz sucumbiu à força de horríveis tratos. Martirizastes a pobre velha, inocente, e que não teve parte na desaparição de Úrsula! Não vo-lo provava seu acento de sincera ingenuidade, sua negativa franca e firme?

Homem! Por que a encerrastes nessa escura e úmida prisão, e aí a deixastes entregue aos vermes, à fome e ao desespero?

Nos derradeiros instantes da sua vida, eu, o indigno ministro do Senhor, estava ao seu lado, e os seus últimos queixumes como que ainda os escuto!

Sorria-se à borda da sepultura, porque tinha consciência de que era inocente e bem-aventurada do céu. A morte era-lhe suave, porque quebrava-lhe o martírio e as cadeias da masmorra infecta e horrenda.

E sabeis vós o que é a vida na prisão? Oh, é um tormento amargo, que mata o corpo e embrutece o espírito! É morrer mil vezes sem encontrar nunca a paz da sepultura! É um sono doloroso e triste do qual o infeliz só vai despertar na eternidade!

E endurecestes o coração ao brado da inocência! Porque era escrava sobrecarregaste-a de ferros; negastes-lhe o ar livre dos campos, e entretido com novas vinganças, nem dela mais vos recordastes.

Assassino de Tancredo, de Túlio, de Paulo e de Susana. Monstro! Flagelo da humanidade, ainda não saciastes a vossa vingança? Ah, humilhado e em nome de Deus, pedi-vos mercê para os infelizes, salvação para a vossa alma. Desdenhastes as minhas súplicas!

Orgulhoso e vingativo que sois! E não sentistes que Deus observa os malvados e que os pune ainda na terra.

Em vossa louca e vaidosa ideia, julgastes-vos grande e esmagastes aos vossos semelhantes, que eram fracos e estavam inermes.

Como a fera dos bosques acometestes a Tancredo e covardemente o assassinastes: como um verdugo cruel punistes Susana de um crime que não tinha... Oh, se o arrependimento vos não apagar a nódoa do pecado, os crimes vos despenharão no inferno.

Fernando P., Deus vela sobre as ações do homem e o condena pela vaidade estúpida do seu orgulho. Úrsula! O que é feito dela?

Tremeis? Oh, eis aí o vosso primeiro castigo.

A infeliz enlouqueceu de dor, e a sua loucura mirrou-vos a esperança do seu amor!

Agora o amor requeima-vos o coração; mas árido é ele, porque os afetos de sua alma não serão para ti.

Fernando! Chorai o pranto do arrependimento: sede caritativo e sincero, que são vias para a remissão de vossos enormes pecados. Ainda é tempo. Escutai por esta boca impura a voz do Senhor, que na sua extrema bondade talvez vos perdoe.

Vivei a vida de solitário, passai em ardente e fervorosa oração os dias e as noites.

Indenizai os vossos escravos do mal que lhes haveis feito, dando-lhes a liberdade. Esse ato de abnegação e de caridade cristãs agradará a Deus, e então talvez na sua misericórdia infinita ele abra para vós os tesouros da sua inefável graça.

O comendador, sempre com a face inclinada para a terra, ouvia em silêncio as repreensões do digno sacerdote; mas vendo que ele terminara aconselhando-o, redarguiu-lhe com desalento:

— Levai-me onde está ela... Há tanto tempo que a não vejo.

O velho sacerdote sentiu-se vivamente comovido ao aspecto desse homem cheio de crimes e de maldições, e a quem os remorsos tinham envelhecido de repente.

Ele conheceu que o arrependimento principiava a operar-se naquela alma rebelde. Tomou-lhe as mãos secas e ardentes, e o foi guiando até os aposentos da donzela. Mas Fernando P. estacou no limiar da porta, não se atrevendo a entrar.

A cena que se apresentou a seus olhos quebrou-lhe o coração de angústias.

Úrsula sorria, afagando invisível sombra, mas esse sorriso era débil e vaporoso — era o derradeiro esforço de uma alma que está prestes a quebrar as prisões do corpo.

O comendador fechou os olhos, e agarrou-se à porta para não cair.

E ela, como se a ninguém visse, murmurava em voz baixa, e depois tornava a sorrir-se.

— Vem — disse com voz débil, mas repassada de ternura — tanto tempo há que te procuro embalde.

Tancredo, por que me fugias? Onde estavas?

Espera... agora me recordo. Túlio disse-me que muito longe te levava não sei que negócio urgente. E eu sentia a dor da separação; porque era já longa, e triste.

E depois, tirando dos cabelos uma florzinha seca, última que lhe restava da capela, beijou-a e sorriu-se com ternura.

— Não as vês, Tancredo? São as flores do meu noivado. São tão lindas, amo-as.

E apertou-a ao coração.

Depois soltou um profundo suspiro, e erguendo as mãos súplices para o sacerdote, em quem só então reparara, exclamou com voz que revelava a mais aflitiva angústia:

— Por compaixão! Oh, não o mateis! Que horror! Oh, matai-me antes! O monstro ri-se com prazer e sem piedade! Ah, maldição... maldição sobre ele!

Seus olhos brilharam ainda uma derradeira vez com um fulgir vívido, depois cerraram-se.

Era como a luz, que no seu último viver, antes de extinguir-se para sempre, avulta e cresce por clarões vagos e interrompidos.

Após de longa pausa, sempre com os olhos fechados, continuou:

— Deus meu! Por que assassinou ele a Tancredo? Oh, era noite... Bem vi, seus olhos eram os de um tigre!

— Arredai-vos! Arredai-vos — disse, pegando ao acaso a mão do sacerdote, que lhe aguardava o último momento — não vedes que aí há sangue? Sangue, muito sangue.

Muito, muito sangue derramou ele, e esse sangue caiu-me todo aqui no coração. Sinto uma aflição, que me mata! Ai, que dor! — e com a mão sobre o coração se pôs a soluçar com tanta dor que partiria o coração ainda o mais embrutecido.

O sacerdote acenou então para o comendador, que estava imóvel e pálido: este entrou.

— Meu filho — disse o padre — ajoelhemo-nos.

Ambos caíram prostrados aos pés da infeliz louca, que entregava a alma ao Criador.

O sacerdote murmurava com melancólico acento o salmo dos defuntos, mas o comendador o não compreendia, porque Úrsula morria, e ele tinha sido a causa. A dor e o remorso tiraram-lhe os sentidos, e caiu por terra.

O padre não deu fé desse acidente e continuou a orar fervorosamente. E a oração dos seus lábios subia ao céu como nuvem de incenso que por muito tempo ondula em torno do altar e sobe até Deus.

Era o perfume, que precedia a alma da donzela.

E ela, nesse transe supremo, cruzou as mãos sobre o peito, apertando nesse estreito abraço a florzinha seca de sua capela, e murmurou: — Tancredo! — e com os lábios entreabertos, e onde adejava um sorriso divinal, e como um anjo deu o último suspiro.

EPÍLOGO

DOIS ANOS ERAM JÁ PASSADOS sobre os tristes acontecimentos que narramos, e ninguém mais na província se lembrava dos execrandos fatos do convento de *** e da horrenda morte de Tancredo. A justiça, se a pintam vendada, completamente cega ficou, e os assassinatos do apaixonado mancebo e do seu fiel Túlio, impunes.

E o sudário do esquecimento caíra sobre eles; porque a lousa do sepulcro os tinha encerrado para sempre.

E as pesquisas da justiça cansaram de mistérios e tergiversações e também foram abandonadas.

Só um homem conhecia o assassino, mas esse homem era incapaz de uma denúncia — esse homem só curava da alma, e a sua missão era toda de paz. A Deus, pois, pertencia o castigo do culpado.

No convento das carmelitas, havia dois anos, entrara um homem que pedira o hábito, e logo depois começara o seu noviciado.

Esse homem era um velho, com a fronte e o rosto sulcados de rugas, a pele macilenta e o corpo vergado e encarquilhado como do convalescente de moléstia atroz, debilitante e prolongada.

Quem era ele ninguém o sabia no convento. Chamava-se frei Luís de Santa Úrsula.

Afirmavam alguns leigos que esse velho era um louco, porque, às vezes, rompendo fervorosa oração, possuía-se de frenesi, os olhos chamejavam-lhe, rangia os dentes e caía por terra em delíquio.

Trazia cilícios, jejuava rigorosamente e as noites velava-as inteiras.

E se lhe pudessem ver o coração, aí encontrariam escrito com caracteres de fogo: Úrsula!

* * *

A noite ia já alta. Era uma destas noites invernosas em que o céu se tolda de nimbos espessos e negros. Nem uma estrela se pintava no céu, nem a Via Láctea esclarecia um ponto sequer do firmamento. Era tudo trevas. O vento zunia com estampido e a chuva caía em torrentes com fragor imensos, como sói acontecer nas regiões equatoriais.

Então o sino, lugubremente tangido, anunciou aos irmãos carmelitas que um dos seus tocava as portas da eternidade. E logo no convento agitou-se um longo e lúgubre murmúrio.

Era o salmo que recorda ao pecador que é pó, e encaminha-o no transe derradeiro.

E o cântico misterioso e solene ecoou nas abóbadas do santuário.

O irmão que gemia a derradeira dor era o noviço frei Luís de Santa Úrsula, a quem chamavam O Louco.

— Meu filho! — murmurou-lhe um piedoso monge. — Não nos faltam consolações no seio da igreja. Aquele que confia no Senhor parte em sua santa paz.

Depositai no meu coração o segredo de vossas culpas; a penitência é um sacramento que nos aplaina o caminho do céu.

— Confessar-me, irmão? E para quê?

— Para que as vossas culpas vos sejam perdoadas.

— Não — tornou o moribundo. — Sabeis vós o que vai por esta alma de torturas e ódio? Sabeis? Oh, tenho o inferno no coração!

— Jesus! Meu Deus! — exclamou o religioso fazendo o sinal da cruz sobre o moribundo — Irmão, em nome de Deus arredai do mundo o pensamento.

O inferno no coração! Que estais aí a dizer?! O senhor esclareça as trevas da vossa alma para que possa ela purificar-se. O arrependimento sincero, meu irmão, cura as mais profundas chagas do coração, e apaga os mais atrozes crimes.

Entretanto o moribundo não parecia comover-se. Então o frade saiu, e voltando apresentou-lhe um crucifixo.

— Irmão! — exclamou-lhe. — Eis o filho de Deus, aquele cujo sacrifício sublime remiu o homem da cadeia da culpa. Encarai-o. É Deus, que vos vem pedir por preço do seu sangue a contrição da vossa alma. Negar-lha-eis?

Frei Luís de Santa Úrsula, ou antes o comendador Fernando P., volveu os olhos já baços pela morte, e olhando para o crucificado e depois para o padre, disse:

— Amei-a, padre; amei-a mais que ao filho de Deus, mais do que a salvação da alma, e por amor dela despenhei-me no inferno... — e as lágrimas começaram a cair-lhe pelas áridas faces.

— Não, meu filho — objetou-lhe o religioso — Deus perdoa ao arrependido. Lembrai-vos de Madalena.

— Arrependido! — exclamou o moribundo. — Arrependido, eu? Oh, não, meu padre. Compadeceu-se Deus do meu martírio? Nunca. Matou-me a esperança no coração. Deixou lavrar o amor frenético no peito, que o rasgou, que deu-lhe a coragem do crime, sem dar-lhe a saciedade da vingança. Cometi muitos crimes, e ainda até hoje não serenou-se-me o coração sedento de ódio e de vingança. Feri o homem a quem ela adorava, vi correr-lhe o sangue que derramei, vi-o expirar a meus pés, sorri-me de prazer e, oh, maldição, não fiquei vingado.

— Oh! — exclamou o monge transido de pavor. — Que horror!

— Esse homem fora preferido, fora o eleito do seu coração. Ela, ainda após a morte dele, dedicou-lhe o mesmo amor.

— Em nome do Senhor arrependei-vos!

— Tancredo! — continuou com ódio. — Tancredo, roubaste-ma! Cedo tornar-nos-emos a encontrar no outro mundo e lá ainda te pedirei contas como neste!

— Tancredo? — interrompeu o frade com admiração. — Tancredo! Filho, quantos crimes pesam sobre vós! Ao pé do cadáver de Tancredo estava outro cadáver, e ambos pareciam feridos pela mesma mão. Fostes também vós que o assassinastes?

— Sim — disse. — Assassinou-o a minha vingança. Susana, Túlio, Tancredo e Úrsula, meu padre, todos fizeram de mim um objeto de zombaria.

— E ela? — perguntou o confessor.

— Ela? Ela morreu amaldiçoando-me. A infeliz enlouqueceu de dor, e eu não a pude salvar.

Meu padre — continuou — eu a vi no sepulcro, e não sei como não morri então!

— Não podeis porventura suportar a vida sem ela?

— Oh, não!... Não, meu padre!

— E não sabeis então que estais separado dela para sempre?

— Para sempre?! — indagou ele com aflição veemente, e um profundo suspiro agitou seu peito.

— Para sempre! — tornou-lhe o monge.

— E por quê? — murmurou ele com humildade.

— Porque, meu filho, ela está no céu, e vós, homem criminoso e impenitente, vos despenhais no inferno.

Houve então uma longa pausa. Faltavam as forças ao moribundo, cujo peito ansiava como combatido por uma luta terrível e renhida.

Fez um último esforço, porque sentia as prisões da vida despedaçarem-se, e estendendo os braços, tomou o crucificado, levou-o aos lábios, e pondo-o sobre o coração, exclamou demonstrando o mais profundo arrependimento:

— Perdoai-me, Senhor. Porque na hora derradeira sufoca-me a enormidade das minhas culpas.

Lágrimas de sincera dor verteram seus olhos, que para sempre se cerraram; e a morte imprimiu-lhe no rosto a tranquilidade da contrição.

Nesse dia, chorava Adelaide suas primeiras lágrimas de dor, porque a opulência e o fausto não bastavam para as estancar.

Seu primeiro esposo era já morto, envenenado por acerbos desgostos. Ela ludibriara o decrépito velho, que a roubara ao filho, e ele em seus momentos de crime, impotente, amaldiçoava a hora em que a amara.

Ela depois também chorou, e chorou muito, porque as dores que o céu lhe enviou foram bem graves. Casou segunda vez, e o novo esposo, que não amava a sua deslumbrante beleza, a arrastou de aflição em aflição até o desespero.

E o remorso que lhe pungia na alma aumentava a grandeza das suas mágoas, porque a imagem daquela mulher que tanto a amara, e cujos dias ela torturou sem piedade até despenhá-la no sepulcro, se lhe erguia melancólica na hora do repouso, e a amaldiçoava.

E depois eram já tão amargos os seus dias que buscou afanosa a morada do descanso e da tranquilidade.

De todas estas vítimas do amor, apenas restam vestígios sobre a terra da desditosa Úrsula.

No convento de ***, junto ao altar da Senhora das Dores, encontra-se uma lápide rasa e singela com estas palavras: — Orai pela infeliz Úrsula.

Impressão e Acabamento
Gráfica Oceano